KB154728

살아 있는 것만으로도, 사랑

IKITERU DAKEDE, AI by Yukiko Motoya

Originally published in Japan by SHINCHOSHA Publishing Co., Ltd.

Korean edition is published by arrangement with SHINCHOSHA Publishing Co., Ltd.
through BC Agency.

살아있는 것만으로도, 사랑

生きてるだけで、愛。

임희선 옮김
모토야 유키코 지음

이야기가있는집

차례

"나 어떡하지? 맛이 갔어, 난.
돌아버린 거야."

살아 있는 것만으로도,
사랑

여고생 때 학교생활이 왠지 짜증 난다는 이유로 머리카락과 눈썹, 겨드랑이 털, 그리고 음모까지 온몸의 털이란 털을 모조리 밀어버린 적이 있다. 그러나 속눈썹하고 코털은 아무래도 무리였다.

온몸이 맨질맨질해져서 거울 앞에 선 나는 길쭉한 팔다리와 예쁜 머리통을 보며 나름 아름답지 않느냐고 우기면 통할 수도 있으려니 생각했다. 하지만 역시나 엄마와 아빠는 울음을 터뜨렸고, 선생님한테는 야단을 맞았다. 친구들은 걱정해주거나 아예 못 본 척 외면하거나 나한테 미쳤느냐고 했다.

하지만 나의 이런 튀는 행동은, 이를테면 지금 텔레비전에서 핫도그 빨리 먹기에 도전하는 푸드 파이터와도 뭔가 통하는 게 있지 않을까. 우승이 목표라고 해도 이 사람은 분명히 먹는 것 자체에 뭔가 좀 더 바라는 것이 있어서 소시지를 뺀 핫도그 빵을 종이컵에 담긴 물에 적셔서 목구멍 안으로 쑤셔넣고 있는 게 틀림없다. 그런 게 아니라면 자기 나라 위신이 더럽혀졌다고 여긴 미국인한테 "죽어라, 일본놈!" 하고 가운뎃손가락을 들어올리는 욕을 먹으면서까지 저렇게 죽처럼 젖어버린 빵 같은 걸 왜 먹고 싶겠어?

아무리 그렇다 해도 스스로 생각해낸 필승의 먹기 방법을 한 치의 오차도 없이 정확하게 반복하는 남자의 표정을 보고 있으려니 굳이 먹지 않아도 되는 핫도그는 음식으로 소화되는 것 말고 무슨 의미가 있는지 모르겠다는 생각이 들었다. 그러다 정신을 차려보니 어느새 텔레비전 전원을 꺼버린 상태였다.

텔레비전 소리가 사라지니 방 안에서는 창밖의 차 소리와 온풍기가 토해내는 건조한 바람 소리밖에 들리지 않아서 귀가 조금 심심해졌다. 리모컨으로 실내온도를 30도까지 올리자 기계가 숨이 막힌 것처럼 송풍을 멈추더니 '슈걱~' 하고 이상한 소리를 내뿜으며 꺼져버렸다. 도대체 어떻게 된 것인지 온풍기는 너무 높은 온도를 요구하면 자동으로 작동이 멈추게 되어 있는 모양이다.

할 수 없이 온도 설정을 27도까지 내린 다음에 침대 속으로 파고들었다. 바람 세기를 '약'으로 했더니 그제야 온풍기가 슬금슬금 숨을 다시 내뿜기 시작했다.

요 몇 주 사이에 꽤나 여러 종류의 프로그램을 봤구나 생각하며 털이 여기저기 뭉쳐 있는 전기담요를 어깨까지 끌어올렸다. 하지만 그렇게 많이 본 프로그램 중에서 제대로 기억이 나는 장면이라고는 거의 없는데 유일하게 또렷이 기억나는 프로그램이 있다.

며칠 전 침대 위에서 눈을 반쯤 뜨고 텔레비전 리모컨으로 채널을 이리저리 돌리다가 우연히 에도시대 말기의 우키요에(浮世繪) 화가 가쓰시카 호쿠사이의 《후가쿠 36경(富嶽三十六景)》(계절과 장소에 따라 서로 다른 후지 산의 36가지 모습을 그린 호쿠사이의 대표작 — 옮긴이)을 다룬 프로그램을 보게 되었다.

디자인 전문학교를 다닌 적이 있어서인지 호기심을 갖고 프로그램을 끝까지 지켜봤다. 가쓰시카 호쿠사이 작품 중에서 교과서에 가장 자주 나오는 〈가나가와의 큰 파도〉를 현대과학으로 검증했는데, 5000분의 1초의 셔터 속도로 찍은 사진이 그 판화의 구도랑 한 치의 오차도 없이 똑같다는 결과가 나왔다.

아니나 다를까, 정말 그 사진하고 〈가나가와의 큰 파도〉를 나란히 놓고 비교해보니 서로 베낀 것처럼 똑같았다. 후지산 색깔과 파도 모양, 심지어 흩어지는 물방울 개수까지 같았다. 아무것도 모르고 봤다면 틀림없이 합성이라고 생각할 수 있을 정도였다. 물론 그런 환상적인 기적을 일으킨 사람은 그 사진을 찍은 사람이 아니라 아득한 옛날에 육안으로 5000분의 1초의 광경을 목판화로 남긴 천재화가 가쓰시카 호쿠사이겠지.

하지만 현대의 과학 기술로도 간신히 포착한 찰나의 순간을 에도시대에 살았던 호쿠사이가 '앗, 웬일! 지금 무지하게 쿨한 파도가 보이는걸!' 하면서 붓으로 마구 그리기 시작했을 리는 없고 머릿속으로 상상해서 그렸겠지. 우연히 기적적인 확률로 현실이 상상을 따라잡은 것뿐이고. 그런데도 나란히 놓은 두 장의 후지 산 풍경을 보면 볼수록 우연이라기에는 너무 똑같아서 틀림없이 말로 설명할 수 없는 무엇인가가 있었을 것이라는 생각을 지울 수가 없었다.

그래서 이렇게 생각했다.

분명 파도가 '철썩' 하는 그 순간은 호쿠사이에게 뇌세포가 마비될 정도로 강렬하고 선명한 자극이었던 것이다. 도파민이 쫙쫙 뿜어져 나와서 보통 상태라면 절대로 보일 리가 없는 광경이 번쩍하고 뇌리에 박혀버린 게 틀림없다.

몇 년 전 후지큐 하이랜드(후지 산 근처에 있는 놀이공원 — 옮긴이)에 놀러갔을 때 렌터카 창문으로 진짜 후지 산을 본 적이 있다. 그런데 안타깝게도 그 풍경은 나를 자극해서 미지의 감각을 끌어내주지는 않았다. 적어도 나한테는 그 뒤에 탔던 롤러코스터 '도돔파'의 시속 172킬로미터라는 스피드가 훨씬 더 자극적이었다.

그래도 틀림없이 나한테는 나만의 후지 산이 어딘가에 있다는 뜻이겠지.

• • •

나는 한 달 전 아르바이트를 하던 슈퍼마켓에서 같이 일하는 남자에게 가볍게 데이트나 하자는 말을 들었다. '이렇게 별 볼 일 없는 놈한테도 내가 쉽게 보이는구나'라는 생각이 드는 순간부터 우울증에 빠졌다.

이게 몇 번째인지 모른다. 우울증이 언제 시작되고 끝나는지 콕 집어 말할 수가 없어 애매하지만 그래도 이번에는 나름 심각한 놈이 왔구나 하고 감은 잡을 수 있었다. 아마 그 남자가 누런색 스웨터에 누런색 코듀로이 바지를 아무렇지도 않게 입고 다니는 황당한 패션 감각을 가진 인간인데다 스타킹을 뒤집어쓴 듯한 얼굴 생김새에 충격이 더 심했던 것 같다.

그래도 어떻게든 심각한 우울증에 휘말리지 않으려고 마음을 다잡으면서 시급 900엔짜리 슈퍼마켓에 계속 다녔다. 그런데 그 남자를 오랫동안 좋아했다는 반찬 코너의 마른 고추튀김처럼 생긴 여자가 무슨 착각을 했는지 나를 미워하기 시작하면서 어떻게든 조용히 지나가려던 일이 복잡하게 꼬여버렸다.

사물함에 넣어두었던 내 이름표에 유성매직으로 '걸레 죽어라'는 식의 말들이 적혀 있었다. 할 수 없이 잃어버렸다고 둘러대고 새로운 이름표를 받았는데 잠깐 눈을 돌린 사이에 또 '죽어 걸레'라고 써놓았다. 아무리 그래도 이건 정도가 심하다는 생각이 들었지만 범인을 찾아내는 것도 귀찮아서 그냥 내버려두었다.

그랬더니 그 고추튀김은 안달이 났는지 여자 탈의실에서 옷을 갈아입고 있는데 콧물을 훌쩍거리며 찾아와서 "내가~ 꽃가루 알레르기가 심해서~. 미안해" 하고 사과를 하는 듯 싶더니 나한테 연거푸 재채기를 해대기 시작했다. 그 이상한 재채기 소리 속에 "죽어라!"는 말이 미묘하게 섞여 있음을 깨달았을 때 너무 어처구니없어 내 마음은 꺾여버렸다.

그동안 주임한테 이름표를 집에 놓고 왔다고 변명을 했던 일이나 스타킹을 뒤집어쓴 듯한 얼굴을 한 남자 옆의 계산대로 가지 않기 위해 신경을 썼던 일 등 여태까지의 모든 일이 머리를 스쳐갔다. 갑자기 만사가 다 귀찮기만 했다.

"야, 너네 그 싸구려 삼각관계에 누가 나를 끼워넣으래!"

나는 이렇게 소리를 질렀다. 결국 나는 실컷 욕먹고 아르바이트에서 잘렸다.

• • •

"야스코, 일어났어?"

문을 두드리는 소리에 창문 쪽을 향하던 얼굴만 침대 안에서 살짝 움직였다. 잘 때는 항상 엎드려 자기 때문에 가슴이 눌리지 않게 왼손을 목 아래쪽에 받치고 있어서 일어나면 항상 왼손이 저린다. 어릴 때부터 똑바로 누워서 잤더라면 가슴 크기가 D컵도 꿈이 아니었을 텐데 하는 생각을 가끔 하지만 이것만큼은 이제 와서 어쩔 도리가 없다.

동거하는 여자친구가 환절기 때면 방에 틀어박혀 한동안 나오지 않는 일이 자주 있어서 그런지 츠나키는 으레 그러려니 했다. 일하고 집에 돌아올 때랑 자기 전에, 그리고 생각날 때마다 이런 식으로 문을 두드리고 가곤 했다. 노크는 반드시 두 번, 하는 말도 녹음해놓은 것처럼 매번 똑같다.

"이제 그만 나오지."

지금도 또 그 말이다. 아니, 넌 그래도 글을 써서 먹고 사는 인간이잖아. 그런데 어떻게 자기 여자한테 제일 말을 아끼냐? 좀 제대로 된 문장으로 말해. 집에 돈도 없는 주제에. 너무 드러나게 대충 건네는 말에 화는 났지만 그렇다고 길게 대답하기도 싫어서 그냥 "됐어. 깨우지 마"라고만 대꾸했다. 난방을 계속 켜놓고 지내서 그런지 내가 들어도 깜짝 놀랄 만큼 거친 목소리였다.

츠나키는 오늘도 금방 문 앞에서 물러나 복도 끝에 있는 화장실로 갔다.

오줌 누러 가면서 말을 건 거야?

눈을 가늘게 뜨고 바라본 시선 끝 지저분한 방바닥에 먼지를 뒤집어쓴 채 뒹구는 일본 소설가이자 극작가인 아베 코보 전집 제2권을 발견하고 그것을 있는 힘껏 방문에다 던져버릴까 하고 생각했다.

저 멍청이는 책을 엄청 소중하게 생각하는 인간이니까 보나마나 "하지 마!" 하고 수염이 났다고 놀림을 당한 게이 같은 목소리를 내겠지. 나는 책 같은 건 가방 속에 넣고 다니면서 띠지가 엉망으로 구겨져도 아무렇지도 않은 여자라서 이런 건 망가지건 말건 상관이 없다.

전에 공상과학 소설에 도전했다가 두 페이지를 읽고 포기했을 때 "소설 같은 건 나르시시스트나 읽는 거야"라고 말했더니 츠나키는 "뭔 소리래?" 하며 놀랐다. 하기야 내가 말하고도 무슨 뜻인지 알 수 없었지만 아무튼 3년 동안 사귀면서 우리는 책에 대한 가치관의 차이 때문에 헤어질 뻔한 적이 한두 번이 아니다.

화장실에서 물 내리는 소리가 들려서 책을 던지는 귀찮은 짓을 포기하는 대신 문을 주시했다. 문은 잠겨 있지 않았다. 문을 잠그는 수고를 한 것은 우울증이 시작되고 처음 사흘 정도였고, 그 뒤로는 손잡이만 돌리면 누구든 들어올 수 있는 상태로 내버려두었는데, 츠나키는 그 사실을 전혀 눈치채지 못했다.

화장실에서 나온 츠나키는 거실로 가지 않고 "편의점!" 하고 외치더니 현관으로 나가버렸다. 화장실 물 내려가는 소리가 거의 멎을 즈음 창문 밖에서 뽕짝이 들려왔다. 누운 채 암막 커튼 틈새를 올려다보았더니 유리창 밖의 하늘은 내리누르는 것처럼 컴컴했다.

섹스를 핑계로 들어왔다가 그대로 눌러앉은 츠나키 케이의 아파트는 심플한 구조의 다카페(3DK, 방 세 개에 거실과 주방이 딸린 집 — 옮긴이)이고 월세는 관리비까지 합쳐 12만 5000엔이다. 도심인 신주쿠까지 15분밖에 안 걸리는 위치에 이렇게 집세가 괜찮은 이유는 환상(環狀) 8호선(도쿄의 대동맥으로 비유되는 도심 순환도로 — 옮긴이) 근처라서 택시와 장거리 트럭이 밤낮없이 매연을 내뿜으며 달리기 때문이다. 더구나 그 뒤로는 수도고속도로까지 처마처럼 길게 뻗어 있어서 베란다에서 보면 차 안을 온통 번쩍번쩍하게 장식한 트럭이 위에서도 아래에서도 씽씽 달리는 모습을 볼 수 있다.

이 아파트는 모든 층의 1호 집만 도로를 바라보도록 앞뒤로 길쭉하게 뻗은 구조다. 303호인 우리 집은 그런 구조에서 보자면 딱 한가운데 위치해 있고, 시끄러운 도로변에서 가장 멀리 떨어져 있어 조용한 305호는 집세가 2000엔 더 비싼 모양이다.

집 안에서 제일 큰 방을 거실로 쓰고, 또 하나의 방은 침실, 그리고 해가 들지 않는 다다미 6장 크기의 이 방은 서재로 사용한다. 츠나키의 방대한 양의 소설책과 만화책을 꽂

아놓은 책장이 창문과 방문을 제외한 모든 벽에 빼곡하게 들어차 방 안을 더욱 비좁게 만들고 있다. 책장과 천장 사이의 공간까지도 수납의 달인인가 싶을 정도로 알뜰하게 활용하는 것이 지진이 일어났을 경우에 대한 생각 따위는 아예 염두에도 없는 모양이다.

게다가 동거를 시작하면서 내가 가지고 온 텔레비전과 침대 등 원래 있던 것들과 겹치는 가재도구를 이 방에 다 들여놓았기 때문에 사람이 편히 누울 공간은 거의 없다. 이렇게 책을 한꺼번에 많이 사서 장르별로 구분도 하지 않고 무더기로 그냥 내팽개쳐놓는 걸 보면 저 남자는 이 방을 공상과학 속의 사차원 공간으로 착각하고 있지 않나 싶다.

나는 한동안 아무도 보고 싶지 않다는 이유로 아르바이트를 그만둔 이후 이 묘한 공간에 벌써 20일 이상 콕 틀어박혀 지내고 있다. 도시락이 먹고 싶으면 나가서 사오는 정도는 하지만 솔직히 말하자면 지금의 내 상태는 좀 비정상적이다.

요즈음은 조울증이라는 말이 너무 무겁다면서 '멘헬(멘탈헬스를 줄인 말 — 옮긴이)'이라는 귀여운 이름을 쓰고 있지만 결국 말하자면 조증과 울증이 번갈아오는 감정 기복이 심한 나날을 보내고 있다는 뜻이다.

나는 주름이 펴지다 못해 반질반질해진 뇌로 머리맡에 놓인 시곗바늘이 오후 11시 반을 가리키는 것을 확인했다. 내가 잠든 것이 아마 아침 6시 무렵이고 조금 전 문 두드리는 소리 때문에 일어났으니 지금은 잠든 시간으로부터 17시간 반이 지난 거야? 설마 이 묘한 공간에 너무 오랫동안 있다 보니 한순간에 시공을 넘나드는 능력을 갖게 된 건가?

과면증(過眠症), 멘헬, 스물다섯 살.

침대 속에 끼고 있던 노트북을 열어서 이 세 단어를 손톱이 길게 자란 검지로 슬렁슬렁 입력해서 검색했다. 이 정도로 벗겨질 거면 아예 완전히 없어져버리면 좋을 텐데, 샴페인 핑크색 매니큐어의 일부가 끈질기게 남아서 나한테 여자로서의 가치를 물어왔다.

너무 오래 잤더니 머리가 은근히 아프다. 끙끙거리면서 두통약을 김빠진 콜라로 넘긴 다음 컵을 보니 검은 액체 표면에 립크림에서 녹아나온 기름이 번들거려서 그것만으로도 한겨울 강물에 뛰어들고 싶을 만큼 기분이 축 가라앉았다. 코 옆을 새끼손가락으로 문질렀다. 여기서도 번들거리는 기름기가 묻어나와서 지문을 사악하게 반짝이게 만들었다. 아, 콧등에서 벗겨낸 팩을 누군가에게 들이밀어 불쾌하게 만들고 싶다.

그래도 벌써 사흘이나 씻지 않은 건 누군가와 잠자리를 하는 것도 아니니까 괜찮다 치자. 컴퓨터 화면에 71건의 검색 결과가 나왔고, 나는 눅눅해진 팝콘을 입 안에 던져 넣으면서 대충 읽어나갔다.

어제는 아침까지 짐승 같은 영상을 공짜로 얼마든지 볼 수 있는 야동 사이트를 발견해서 '사람이 어떻게 하면 이 지경까지 타락할 수 있을까? 아니, 누가 보면 나도 거기서 거기일지도 모르지' 같은 생각을 하면서 처참한 지경에 있는 여자들을 끝도 없이 감상하고 있었다. 그러고 보니 정말 한동안 섹스를 안 했네. 하기야 우울증에 걸려 열나게 관계하는 사람은 없겠지만. 츠나키는 원래 담백한 남자고, 나는 나대로 그냥 같이 사는 남자라는 느낌이지 이제 와서 섹시하게 놀아보자고 달려들 마음도 생기지 않는다.

아니, 화장실에서 힘을 주는 소리가 마치 몽골의 높은 음과 낮은 음을 동시에 내는 호미 창법을 쓰는 것 같은 남자한테 어떻게 욕정을 느끼겠는가. 장이 약한 츠나키가 화장실을 들락거리는 횟수는 장난이 아니어서, 어쩌다 데이트 삼아 분위기 있는 식당에 가서도 "잠깐 화장실 좀……" 하면 나는 멍하니 그가 화장실에서 나올 때까지 기다려야 한다. 본인도 음식을 먹자마자 곧바로 화장실에 가야 하니 죽을 맛이겠지. 욕정은 생활에 진다.

나는 방바닥에 놓인 파란 재떨이 주변을 열심히 손으로 더듬어 찾다가 담배가 없다는 사실이 생각나 침대에 풀썩 쓰러지고 말았다. 일단 츠나키의 휴대전화에 문자를 보내야겠다고 생각했다.

과면증에 걸린 사람들이 모이는 게시판에 '오늘도 일어나지 못했음. 17시간 반 동안 기절! 우울증도 여전함! 아, 죽고 싶다 뿅(^o^)' 하고 적은 다음 마실 거라도 가져오려고 침대에서 나왔다.

이 게시판에 글을 쓰기 시작한 건 최근으로 나와 같은 고민을 하는 사람들이 있다는 사실에 나도 모르게 이끌렸다.

불면증과 반대로 너무 잠을 많이 자는 것을 나는 '과면증' 이라고 마음대로 부르고 있었는데, 여기서는 다들 당연한 것처럼 이 말을 쓰는 걸 보고 놀랐다.

하루 종일 누워 있어서 그런지 매트리스 스프링 부분에 닿는 허리 부위가 뻐근했다. 조금만 더 자야지 생각하면서 방문을 열었더니 어마어마한 냉기가 덮쳐 축 늘어져 있던 온몸의 근육이 바짝 움츠러들었다.

미처 생각지 못한 추위에 깜짝 놀라 허겁지겁 침대에 던져놓았던 무릎 담요를 숄처럼 어깨에 둘렀다. 야후 뉴스에 따르면 올해 겨울은 예년에 비해 춥다고 하더니 정말 난방을 빵빵하게 틀어놓은 방에서 밖으로 한 발짝만 나와도 얼어붙은 복도 바닥에 착착 달라붙어 발바닥부터 시작해서 온몸이 순식간에 얼음처럼 굳을 것만 같았다. 그렇다면 길이나 공원 등지에서 살아가는 노숙자는 얼마나 추울까. 홋카이도에 있는 큰 도시 아사히카와(旭川)의 노숙자들은 더 춥겠지. 밤중에 영하 40도까지 떨어지는 그곳에서 잠이 드는 건 죽음을 뜻한다.

그렇게 스스로에게 말하면서 재빨리 부엌 냉장고를 뒤져

보았다. 마가린, 연겨자, 가다랭이 국물 소스, 쪼그라든 양파, '자양강장·육체피로의 영양공급'에 좋은 드링크제 7병……, 당장 요기할 만한 것은 하나도 없다.

이를 딱딱 부딪치면서 펩시콜라를 컵에 따르고 있는데 편의점 비닐봉지를 손에 든 츠나키가 거실로 들어와 "담배 사 왔어" 하고 말을 걸었다. 그 말에는 대꾸하지 않고 "이 펩시 말이야, 뚜껑 좀 꽉 조여놓지 마, 정말. 안 열리잖아" 하면서 손바닥을 들여다보았다. 뚜껑의 울룩불룩한 모양이 그대로 찍혀서 생긴 벌건 자국이 펩시의 이빨 모양처럼 보였다.

"뭐 좀 먹을래? 도시락도 사왔는데."

"펩시. 하지 말라고. 못 들었어?"

츠나키는 "어, 미안" 하고 말하면서 편의점 비닐봉지를 거실에 있는 고타츠(탁자 밑에 발열 장치가 부착된 일본식 난방기기—옮긴이) 위에 놓았다. 그때 목에 감겨 있던 체크무늬 머플러 한쪽 끝이 어깨에서 툭 떨어졌다. 바깥이 추웠는지 흘러나온 콧물이 형광등 불빛에 반사되어 안경알처럼 반짝였다.

나는 냉장고 문을 100엔 숍에서 산 자석이 떨어질 정도로 힘껏 닫으면서 '안경쟁이 너 나한테 까불지 마!'라는 몸

짓을 했지만 워낙 평소에도 그런 식으로 닫아서인지 그는 별로 신경 쓰지 않는 것 같았다. 나는 컵을 가지고 거실로 가서 코트를 벗고 있는 츠나키의 등을 보며 말했다.

"너, 장갑은?"

"응?"

"장갑. 안 꼈어?"

"깜박했다."

츠나키는 딱 2초 동안 거실 소파에 흩어진 옷들 언저리에 눈길을 주며 찾는 척했다. 그런 행동이 '네가 물어보니 마지 못해 찾는다'는 시늉인 게 빤히 눈에 보였다. 화가 부글부글 끓어오르는 걸 주체하지 못해 따지듯 물었다.

"오늘 바깥이 무척 추운 거 맞지?"

"응."

"그럼 왜 안 끼었어? 내가 준 장갑 있잖아. 끼라고."

아, 짜증 나. 너무 자는 바람에 신경이 잔뜩 곤두서 있다.

"알았어."

"알았어가 아니라 지금 당장 끼라고."

"……."

츠나키는 청바지를 벗으려다가 잠시 생각하더니 소파 위에 널브러져 있는 옷더미 맨 밑에서 털장갑을 찾아서 "지금?" 하고 짧게 물었다. 나는 스스로도 뭘 시키고 싶은 건지 알 수 없었지만 지금에 와서 아니라고 하기도 뭐해서 "지금!" 하고 대답했다.

츠나키는 멍한 얼굴로 장갑을 끼더니 다시 엉거주춤 옷을 갈아입기 시작했다. 그런 행동이 왠지 나를 모욕하는 듯한 기분이 들어 나도 모르게 "지금 장난해?" 하고 소리를 질러 버렸다.

"……아니, 그런 거 아닌데."

"그런 거 맞잖아! 왜 집 안에서 장갑을 끼고 난리야? 이상하잖아!"

"네가 끼라고 해서……."

"그래서 뭐!"

"……."

"그럼 넌 왜 이걸 껴야 하는지 생각도 안 해봤단 말이야?"

"미안해."

"그 미안해는 또 무슨 뜻이야? 뭐가 미안하다는 거야?"

에이씨, 이게 아닌데. 이런 말이 하고 싶었던 게 아니야. 얘기가 이상하게 되어버렸잖아. 이 멍청이가 나를 무시하니까 그런 거야. 나를 그냥 대충 대하니까. 나는 네가 장갑을 끼고서 '어, 진짜네. 뭐야, 정말 따뜻하잖아. 역시 야스코는 대단해' 하며 고마워하기를 바랐을 뿐인데, 어째서 그렇게 간단한 일도 제대로 되지 않는 거야?

내가 "아니, 됐어"라고 말하자 츠나키는 "응" 하며 장갑을 벗더니 소파 쪽으로 휙 던져버렸다. 지금의 실랑이조차 전혀 신경 쓰이지 않는 모양이다. 영혼 없는 그 표정을 보니 아까 30도로 올리자 멈춰버린 온풍기가 생각났다. 나에 대한 설정을 '27도/약'으로 해놓고 거기에 맞춰 그렁저렁 대하는 츠나키. 그런데 그것만으로는 아무래도 3도가 모자라다는 점이 이 바보한테는 도무지 전달이 되지 않는다.

츠나키가 걸음을 옮기다 소파에 쌓아놓은 목욕 수건에 부딪치자 장갑이 방바닥으로 떨어졌다. 그러나 츠나키는 아랑곳 않고 지나쳤다. 나한테 반항하는 건가 싶었는데 아무래도 그것은 아닌 듯해 주위를 둘러보니 거실은 최악으로 어질러져 있었다.

고타츠에는 음식 찌꺼기 같은 게 덕지덕지 들러붙어 있고, 방 여기저기에 지난 20일 동안 새롭게 늘어난 책이 쌓여 있었다. 마룻바닥 위에 깔아놓은 러그도 가장자리 쪽이 둘둘 말려올라가 있었다. 도대체 얼마나 자양강장을 했는지 드링크제 빈 병이 곳곳에 뒹굴고 쓰레기통에는 다 쓴 티슈 박스가 넘쳐났다. 아마 싱크대 안에도 지저분한 그릇과 다 먹은 플라스틱 도시락들이 산더미처럼 쌓여 있을 것이다.

"너 이게 뭐야? 집 안 치울 시간도 없는 거야?"

"응. 지금 좀 바빠서."

정해놓은 것은 아니지만, 도저히 참을 수 없을 지경까지 집안일을 방치해놓는 게 기본인 나보다 먼저 집 안을 치우기 시작하는 사람은 언제나 츠나키다.

"난 지금 우울증 상태야"라고 말하자 츠나키는 내 쪽을 쳐다보지 않은 채 마지못해 "응" 하고 대답했다.

실내복으로 갈아입은 츠나키가 아무리 기다려도 난방을 틀지 않아서 그 굼뜬 행동에 짜증이 나 리모컨을 손에 들었다.

"편의점 갈 때 난방 끄지 말라고 했잖아."

삑 하는 소리와 함께 온풍기 송풍창이 움직이기 시작했다. 집 안이 따뜻해지려면 한참 걸리겠다 싶어 고타츠 안에 발을 넣고 최고 온도인 '7'까지 올렸다. 그런데 고타츠를 덮고 있는 이불이 덮개이불이 아니라 깔개이불이어서 스트레스가 또 쌓였다. 원래 바닥에 깔아놓는 이 딱딱한 깔개이불을 들춰 그 사이로 발을 넣어야 했기 때문이다.

재작년에 가전제품 가게에 같이 가서 고타츠를 산 것까지는 좋았는데, 츠나키는 자기가 원하는 모양의 고타츠 이불이 없다면서 그 뒤로도 계속 모카 베이지색 깔개이불을 대신 쓰고 있는 것이다. 무인양품(MUJI)에서 내가 새 고타츠 이불을 사려고 했더니 "무지라서 싫어"라며 거부했다. '가치가 있는 물건에만 돈을 내고 싶다'는 알 수 없는 고집이 있는 모양인데, 그래서 외식하고 싶은 음식점이 있어도 그 정도라면 자기가 만들겠다며 재료를 사오지를 않나, 전에는 자판기에서 주스를 뽑아달라고 했더니 나에게 주스를 내밀면서 당연하다는 말투로 "나중에 60엔 줘"라고 말하는 바람에 그땐 진짜 뚜껑이 열렸다.

나중에 알고 보니 나름 농담이라고 했던 모양인데, 우리는 이런 사소한 일 때문에 화를 내거나 싸운 적이 한두 번이 아니다. 실업자인 자기 여자친구한테 집세의 20퍼센트를 내게 하다니, 그건 너무 황당한 일 아닌가.

"어느 쪽 먹을래?"

츠나키가 안경을 추켜올리며 물었다.

"넌?"

"규동."

그 즉시 야끼소바(볶음 국수)를 건네받은 츠나키는 "그럼 나중에 절반 줘"라고 말했지만 나는 그 말을 무시하고 부엌으로 가서 전자레인지 안에 규동을 넣었다. 전자레인지 안에 있는 접시가 돌기 시작한 지 몇 초 뒤에 뭔가 튕기는 충격음이 나더니 갑자기 눈앞이 캄캄해졌다. 전자레인지 돌아가는 소리도 금방 사라졌다.

"야, 왜 고타츠 안 껐어?"

거실 쪽에 있는 츠나키를 향해 소리를 질렀더니 "미안" 하고 사과하는 소리가 들린 다음 암흑 속에서 뭔가가 희미하게 빛을 냈다. 뭔가 싶어 보니 츠나키가 휴대전화를 열어서 손전등 대신 쓰고 있었다.

"두꺼비집은?"

"보고 올게."

켜져 있는 시간을 얼마나 짧게 설정했는지 휴대전화 커버를 수시로 열었다 닫았다 하면서 츠나키는 거실 복도로 나갔다. 안경에 시퍼러둥둥한 빛을 반사시키며 걸어가는 남자의 얼굴은 어딘지 몽롱해 보여서 길거리에서 이런 놈이랑 마주쳤다면 뒤도 안 돌아보고 그대로 달아났겠지 하고 생각하면서 그냥 켜놓고 나온 서재방의 난방과 노트북, 전기담요에 대해서는 입을 다물기로 했다.

"요즘 전원이 너무 자주 나가는 것 같아. 전에 텔레비전에 나오던데, 아예 도쿄전력에 이 집 전압을 올려달라고 할까? 암페어 설정을 하나 올리면 된대."

내 목소리가 들리는지 안 들리는지 츠나키는 "어" 하고 건성으로 대꾸했다. 잠시 후 주변의 가전제품들이 뭔가 무거운 물건을 들어올리는 듯한 느낌을 일제히 내뿜더니, 제각기 조금씩 간격은 있었지만, 아무튼 전기가 다시 들어왔다. 아무 일도 없었다는 듯 모든 게 예전처럼 보여서 마치 누군가 준비했던 이벤트에서 "자, 끝났어요" 하며 현실로 돌아온 듯한 기분이 들었다.

작동이 멈춘 전자레인지의 데우기 버튼을 눌렀다. 그러자 의식을 되찾은 다음에 방금 그건 뭐였냐고 난리를 치는 히스테리 기질의 여자처럼 신경을 긁는 소리를 냈다. 나는 "시끄러워" 하고 중얼거리며 검지로 조용히 멈춤 버튼을 눌렀다.

조금 망설이다가 전자레인지에서 규동을 꺼냈다. 그리고는 아직 데워지지 않은 규동을 먹었다. 나는 자신과 쉽게 타협하는 편이다. 츠나키랑 사귀게 된 것도 당연히 일종의 타협이었다.

• • •

3년 전, 디자인 전문학교를 일찌감치 때려치우고 나와서 목표라고 할 것도 없이 되는대로 그래픽 디자이너와 사귀다가 노래 부르는 사람과 만나고 특수 촬영감독과도 사귀면서 스물두 살이 되었고, 역 앞의 빌딩 서점에서 아르바이트를 시작하던 무렵이었다. 거기서 일하는 여자가 마련한 미팅 자리에 술이나 실컷 마셔야지 하고 나갔는데 옆자리에 우연히 앉은 사람이 안경을 쓰고 멍한 표정의 츠나키였다.

처음에 츠나키는 가끔씩 말을 걸어오기는 했지만 대충 만들어진 미팅 자리에 머릿수나 채우려고 나온 태도가 너무 적나라하게 드러나서 내가 "시끄러운 술자리는 싫어하시나봐요?" 하고 물었다. 그러자 그는 "네, 별로 안 좋아해요" 하고 기어들어가는 듯한 목소리로 대답하고는 맥주 거품을 찔끔거렸다.

그 순간 내가 이 남자랑 사귈 일은 절대 없겠구나 했던 게 솔직한 생각이었다. 오락가락하는 기분 상태와 가끔씩 이상한 행동을 하는 것이 나의 문제였지만 사귀자는 남자가 없는 것도 아니었다. 사실 그 미팅 자리에서도 남자들이 서로 앞을 다투듯 말을 걸어왔다. 그렇지만 정말 재미도 없는 얘기(이를테면 생전 처음 보는 사람의 별자리 따위를 내가 알아서 뭘 어쩌라는 건지 잘 모르겠다)만 계속 늘어놓는 바람에 내가 흥미를 잃고 "아, 네" "그래요?" "내 얼굴은 전부 뜯어고친 거예요" 하고 건성으로 받아넘겼더니 남자들은 일찌감치 다른 여자들에게로 관심을 옮겨갔다.

그 미팅 장소는 무드 조명을 쓰고 나름 분위기 있는 술집이었다. 원래는 싼 가격을 내세우는 체인점이었는데 실내를 새롭게 단장하고 가게 이름에 '더(THE)'를 덧붙이면서 새롭게 다시 태어난 모양이었다. '더'만 가지고 새롭게 태어날 수 있다니 꿈같은 얘기다. 나는 몇 번 마음을 고쳐먹고 이번에야말로 오랫동안 일해야겠다고 다짐했는데도 번번이 아르바이트를 그만두었다.

바닥이 파인 형태의 좌식 탁자 두 개를 둘러싸고 남녀 열 명이 모여서 시작한 미팅은 어느새 조금 전까지 한산했던 탁자로 사람들이 전부 몰려 있고, 이쪽 탁자에는 뜨거운 청주를 방금 주문한 나와 처음부터 입구 가장 가까운 자리에 앉아서 한 번도 움직이지 않던 츠나키만 남아 있었다.

그래서 나름 신경을 써주느라 그랬는지 츠나키가 한두 마디씩 형식적인 말을 걸어오기 시작했다. 츠나키가 했던 얘기도 대체로 그날 날씨에 대한 거라든지 아무튼 겉핥기 식으로 대충 하는 것이었지만 굳이 분위기를 띄우려고 애쓰지 않는 점 때문에 다른 남자를 상대하는 것보다는 좀 나았다.

츠나키의 얼굴은 무테 안경 덕분에 지적으로 보이기는 해도 특별히 좋거나 나쁘지 않은 평범한 수준이었다. 하지만 눈에 띄지 않는 차분한 색상의 수수한 옷차림을 좋아하는 점이나 약간 곱슬곱슬한 머리카락으로 은근히 눈 주위를 가리고 있는 점이나 일부러 구부리고 있는 듯한 등의 라인이 소극적이고 조심스러운 성격임을 드러내고 있었다. 아마도 그는 유전자 단계에서부터 수수해지도록 결정되어 있었던 것 같다.

어떤 여자가 좋으냐고 물었더니 "부드러운 사람이요"라는 무난한 대답이 돌아왔다. 내가 "고기 같은 거 안 좋아할 것 같은데?"라고 적당히 물었을 때도 "아, 뭐……"라며 긍정도 부정도 하지 않았다.

담임선생이 정면으로 본 고속열차 신칸센을 닮아서 공부할 마음이 생기지 않는다는 이유로 고등학교를 중퇴할 뻔한 것과 취직을 하기 위해 면접을 보러가면서 엉덩이가 반쯤 삐져나올 것 같은 초미니 스커트를 입고 가는 바람에 완전히 망쳐버린, 어디에 있든 튀는 여자인 나와 츠나키는 조금씩 서로가 전혀 다른 종족이라는 사실을 확신하게 되었다. 그러나 어디를 봐도 조용한 장소를 좋아할 듯한 초식남 같은 츠나키를 상대하고 있으면 굳이 대화를 계속 이어가야 한다는 강박관념도 생기지 않았다.

우리는 건너편 탁자에서 분위기를 띄우려고 나선 남자가 시작한 막춤을 보며 "대단하네요"라든지 "저런 춤은 집에서 혼자 연습하고 그럴까요?" 등등 잡다한 수다를 주고받으며 접시에 엄청나게 남아 있는 요리를 먹었다.

그 뒤에 츠나키가 편집하고 있다는 악명 높은 잡지 이야기를 듣고는 좀 의외라는 생각이 들어서 "왜 그런 일을 해요?"라고 물었다. 그랬더니 츠나키는 "거기에 배치 받아서요"라고 패기 없이 대답했다. 마침 청순한 이미지의 연예인이 오래전 찍은 전라에 가까운 사진이 그 잡지에 실리는 바람에 정신적인 충격을 받아 치료를 받았네, 안 받았네 하는 소문이 한창 돌던 시기였다. 그래서 그 일에 대한 의견을 물었더니 "너무 심했죠" 하고 어디까지나 객관적인 의견만 입에 담고는 눈앞의 두부튀김을 젓가락으로 깨작거릴 뿐이었다.

정말 이렇게 재미없는 남자를 만난 건 태어나서 처음이라는 생각이 들었다. 나는 거의 물고 늘어지듯이 조금이라도 이 남자가 달려들 화제가 없을까 싶어 머리에 떠오른 모든 종류의 이야기를 꺼냈지만, 끝까지 일반적이고 상식적인 대답만 돌아왔다. 일부러 화를 내게 하려고 "내가 당신이었다면 너무 재미없어서 지금 당장 죽어버릴 것 같아요"라고 말을 해도 츠나키는 "그래요?" 하고 가볍게 놀라는 척할 뿐이었다.

'그만두자. 만사 다 귀찮고, 이 인간들도 하나같이 따분하고, 일단 내일부터 서점에 아르바이트 가는 걸 그만둬야지.' 그렇게 생각하면서 미팅이라는 취지를 완전히 무시하고 뜨거운 청주를 쭉 들이켜던 나는 잠시 잊고 있던 그 잡지 생각이 뜬금없이 떠올랐다.

그러자 화가 슬슬 치밀어오르면서 휴대전화로 전철 막차 시간을 알아보는 츠나키에게 "혼자서 뭐하는 거야?" 하고 시비를 건 다음 "넌 정말 최악이야!" "소문 때문에 따돌림 당하는 사람의 마음이 어떨지 생각해보란 말이야!" 등등 기분 내키는 대로 말을 내뱉었다. 어릴 때부터 남들이 뒤에서 수군대거나 흉보는 일이 끊이지 않았던 과거를 떠올리면서 내가 이런 인간이 된 것은 너 같은 놈이 있어서 그런 거라고 울면서 화를 내고 다그쳤다.

그런 내 꼴불견을 알아차리기 시작한 주변 사람들이 "야,

안경쟁이가 미인을 울렸다!"면서 놀리는 바람에 제대로 일어서지도 못할 정도로 취한 나를 츠나키가 택시에 태워서 집까지 데려다줘야 하는 입장이 되었다.

가게 밖까지 츠나키가 내 어깨를 부축해서 걸어 나왔는데 굽이 8센티미터나 되는 하이힐 때문에 우리 둘의 키가 거의 비슷해져서 몸이 왜소한 츠나키의 비틀거리는 모습이 꼭 메뚜기를 끌고 가는 개미 같았다.

"미안해요."

택시에 올라탄 다음 창문을 열고 밤바람을 쐬면서 조금 술기운이 깨자 나는 일단 츠나키에게 사과했다.

"가끔씩 이렇게 꼭지가 돌 때가 있어요. 미안해요."

츠나키는 "아니 뭐……"라든지 "괜찮아요"라는 등 건성으로 대꾸하면서 창밖에서 택시를 세우려고 필사적으로 손을 흔들고 있는 외국인들을 쳐다보았다. 잔뜩 취했는지, 차도에 반쯤 뛰어나온 상태로 그들은 웃고 떠들고 있었다.

"미팅 같은 거는 자주 해요?"

나는 별 생각 없이 물었다.

"아뇨. 가끔씩 가자고 하는데 계속 거절했어요. 오늘이 처음이에요."

"어, 그럼 오늘은 왜?"

"아는 사람이 자리 좀 채워달라고 하도 부탁해서."

"저도 그래서 나갔어요. 근데 지금까지는 계속 거절했다면서요?"

"그게 좀…… 실연 상태라고나 할까……."

"아아……. 거절당했어요?"

"뭐…… 거절당했다기보다는…… 사귀던 사람하고 지난주에 헤어졌어요."

츠나키는 머리가 아팠는지 안경을 벗으면서 고개를 끄덕였다. 미팅 초반에 연애에 대한 얘기를 꺼냈을 때는 "여자를 잘 못 사귀어요"라고 대답했던 걸로 기억하는데.

그때 길가 가게들의 네온사인 불빛이 곱슬머리 사이로 드러난 붉게 물든 츠나키의 귀를 비추었다. 나는 밖에서 들이치는 바람 소리가 시끄러워서 택시의 창문을 조금 닫았다.

"이유가 뭐예요?"

"글쎄, 뭘까요. 그쪽에서 헤어지자고 해서요."

나는 "그러면 할 수 없는 거네요"라고 중얼거린 다음 더 이상 그 얘기는 하지 말아야겠다고 생각했다. 토할 정도로 술에 취해 있어도, 학생 때 별명이 종잡을 수 없는 애, 말하자면 그냥 꼴통이었어도 그 정도 분별력은 있다.

"뭐야!"

운전사가 중얼거리는 소리가 들려 앞을 보니 공사 중임을 알리는 표식과 울타리가 둘러쳐져 3차선 가운데 2차선을 막고 있었다. 빨간 표시등이 흔들리는 도로에서 여러 대의 차가 흐름을 멈추고 줄지어 서 있었다.

짜증 난 기색이 역력한 택시 운전사가 "이봐, 저 앞쪽에서 무슨 공사를 하는 모양인데 다음 신호에서 그냥 우회전해도 되지?" 하며 택시 서비스업을 하는 사람답지 않게 반말로 물었다.

"그쪽이 빠르면 그렇게 해주세요." 츠나키는 그 말에 성실하게 대답했다. "저기, 이 근방 지리를 잘 몰라서 그러는데 그냥 빠른 쪽으로 가주세요."

초록 신호를 받고 출발한 택시가 '장미꽃 100송이에 3800엔!'이라는 노란색 간판이 반짝이는 꽃집 모퉁이를 도는 것을 보면서 츠나키 같은 남자는 아무래도 달콤한 것을 좋아하고 순수한 사랑 영화에 눈물 흘리며 방 안을 샬랄라한 가구로 갖춰놓는 그런 여자랑 사귀겠지 하고 제멋대로 상상하면서 울렁거리는 속을 달랬다. 조금 가다가 둔해빠진 택시가 또 신호에 걸렸다.

"사실 저도 얼마 전에 남자친구랑 헤어졌어요. 그런데 동거하고 있던 거라 따로 나올 돈이 없어서 아직도 그 남자랑 살고 있지만요."

나는 손수건으로 입을 가린 채 말했다.

"헤어졌는데도요?"

츠나키는 오늘 처음으로 관심을 보이며 내 쪽으로 살짝 고개를 돌리고 질문했다.

"그래요. 하긴 방을 따로 쓰니까 얼굴 마주치는 일은 거의 없지만."

"언제 나올 거예요?"

"글쎄요. 돈을 모아야 나올 수 있는데 아르바이트를 해도 금방 그만둬버려 저금해놓은 것도 없고……."

'몸이라도 팔아야 할지'라는 말을 하려다가 말았다. 내 말이 농담인지 진담인지 모르겠다고 사귀던 남자마다 하소연을 했기 때문이다.

"어떻게 할 생각이에요?"

"어떻게 해야 할지 모르겠네요."

택시는 내가 차 안을 구토로 더럽히기 전에 아슬아슬하게 전 남자친구랑 동거하는 아파트 앞 좁은 골목길에 도착했다.

"걸을 수 있겠어요?"

츠나키의 질문에 괜찮다고 대답한 다음 자리에서 일어나려고 했다. 그러나 청주 기운이 아직 발치에 남아 있어서 비틀거렸다. 츠나키는 운전사에게 "다시 올 거예요"라고 말하고는 나를 부축해서 엘리베이터를 타고 집이 있는 5층까지 데려다주었다.

그 뒤로는 정말 드라마에나 나올 법한 너무나 뻔한 전개가 펼쳐졌다. 열쇠를 간신히 구멍에 꽂고 집으로 들어갔더니 안쪽에서 여자 신음 소리가 현관까지 들려왔다. 나는 "이미 헤어진 남자고 방도 따로 쓰니까 괜찮아요, 상관없어요" 하고 츠나키 앞에서는 웃었다. 하지만 다음 순간 참고 참았던 울렁거림 중 최고로 센 게 닥쳐오는 바람에 모르는 여자의 샌들 위에 아직 소화가 채 되지 않은 고깃덩어리와 가지절임, 참치 아보카도 샐러드와 달걀말이를 토하고 말았다.

거기에 비틀거리다가 베트남 잡화상에서 한눈에 반해 산 목각으로 된 악마의 뾰족한 코끝에 머리를 찔렸다. 피가 흘러내려 코트 옷깃을 물들이기 시작했다. 뜨뜻미지근한 피가 목덜미를 따라 천천히 흐르는 감촉이 느껴지자 '빨간 조끼'라는 괴담이 떠올랐다. 화장실에 있을 때 어디에선가 "빨간 조끼 입을래?" 하는 목소리가 들려오는데 "입을래!"라고 대답한 사람은 온몸이 새빨간 피에 젖은 채 목 없는 시체로 발견된다는 이야기다.

"……."

위가 뒤틀리는 압박감에 못 이겨 짐승 같은 소리를 질렀다. 그 바람에 여자의 신음 소리도 어느새 들리지 않았다. 동거하는 전 남자친구가 어두컴컴하게 해놓은 집 안방 쪽에서 이쪽 상황을 숨죽이며 살피고 있는 게 틀림없었다.

이제부터 일이 어떻게 전개될지 머리를 굴려보았지만 만사가 다 귀찮아진 나는 이런 상황을 내 뒤에서 지켜보고 있던 츠나키에게 "미안해요" 하고 사과했다. 뒤통수가 욱신거렸지만 속에 있는 걸 다 토해내서 그런지 속은 좀 편해졌다. 비틀거리는 몸으로 현관을 나서면서 "청소하는 건 싫으니까, 일단은" 하고 바깥에서 문을 닫았다.

내가 토한 걸 본 전 남자친구가 "너 이게 뭐야!" 하면서 쫓아오기 전에 도망쳐야지 싶어 엘리베이터에 잽싸게 올라탔다. 내 뒤에서 따라오던 츠나키는 천천히 닫히기 직전 문 틈새로 미끄러지듯이 들어와서 1층 버튼을 수차례 누르고 있는 내 옆에 나란히 섰다.

"……머리에서 피가 나는데요."

엘리베이터가 덜컹거리며 움직이자 츠나키가 조용히 알려주었다.

"가끔씩 나요."

나는 문 위쪽에서 깜박거리는 숫자를 올려다보면서 알 수 없는 대답을 했다. 츠나키는 고개를 나랑 같은 각도까지 올리고는 입을 다물었다. 엘리베이터 안에서 비릿한 피 냄새가 풍기기 시작했다.

"……병원에 갈까요?"

츠나키가 불쑥 물었다.

"보험증 없으니까 됐어요."

이윽고 엘리베이터 문이 열리자 나는 신선한 공기를 찾아 건물 밖으로 나왔다.

"그보다 이럴 때는 막 뛰고 싶은데."

이때 만약 츠나키가 혼자 택시를 타고 갔다면 우리가 사귀게 되는 미래는 절대로 찾아오지 않았을 것이다. 머리에 피를 흘리며 뛰어가는 여자 뒤를, 무슨 생각에서인지 츠나키는 안경을 추켜올리면서 코치처럼 묵묵히 같이 뛰어주었다.

그렇게 츠나키가 일주일 전까지 여자랑 같이 살았다는 이 집에 무작정 쳐들어온 다음 잔뜩 흥분되어 있던 내가 억지로 츠나키한테 섹스하자고 달려들었다. 츠나키는 딱히 거부하지 않았을 뿐만 아니라 갈 데가 없다면서 눌러앉은 나를 순순히 받아들였다. 여자친구가 떠난 지 얼마 되지 않아 집이 너무 적적해서 그랬는지도 모른다.

• • •

편집장을 맡았을 때부터야, 하고 나는 슈퍼마켓 입구에

있는 노란색 바구니를 카트에 끼워넣으면서 중얼거렸다. 5분 후면 문 닫을 시간이라 가게 안에 남아 있는 손님은 거의 없었다. 바깥에 내놓고 팔던 세일 상품인 화장지를 선반째 안으로 들여놓으려는 점원에게 방해가 되지 않게 채소 코너 쪽으로 서둘러 갔다.

6개월 전 편집장이 그만두는 바람에 서른둘밖에 안 된 츠나키가 등을 떠밀리다시피 해서 그 자리를 맡게 되었다. 발행 부수도 얼마 안 되는 격월 잡지라서 편집부는 원래 세 명밖에 없었다고 한다. 아무튼 그래서 월급도 거의 안 올랐으면서 츠나키가 집에 들어오지 않는 날이 점점 많아졌다.

일의 부담이 얼마나 무거워졌지는 모르지만 어제 본 츠나키의 안색은 상당히 안 좋았고, 살도 더 빠진 것 같았다. 그 전에도 여유가 없었는데 이제 그 작업을 세 명이 다 해야 된다는 것 자체가 무리다. 보나마나 조만간 마감 시기가 될 거고 그러면 또 회사에서 날밤을 새게 되겠지.

아무래도 하루 종일 아무것도 하지 않고 있다는 것이 마음에 좀 걸려서 내가 청소와 요리를 해줘야겠다는 생각이 들었다. 그러기 위해서 어제 차가운 규동을 먹은 다음 좋음을 간신히 참으면서 밤새 인터넷으로 찾은 요리법은 새우 채소 칠리소스 볶음과 쌀국수를 섞은 이색 샐러드, 채소 두부 된장국이었다.

내가 할 수 있는 음식이라고 해봐야 열 가지 안팎인데 그 중 두 가지는 똑같은 조리법을 가진 카레랑 스튜다. 그래도 어떻게든 되겠지 하는 근거 없는 자신감으로 재료와 분량을 종이에 메모했다. 그때 벌써 새벽 5시가 넘은 사실을 알고는 점심때에 맞춰 일어나기 위해 수면제를 콜라에 섞어 삼키면서 이걸 계기로 밤낮을 거꾸로 사는 생활에서 어떻게든 벗어나야겠다고 마음먹었다.

그런데도 눈을 떠보니 밤 9시 반이었다. 암막 커튼 너머 바깥의 어둠에 절망했다. 묵직하게 아파오는 관자놀이를 손으로 누르면서 매일같이 그랬지만 다시금 새삼스레 '난 정말 최악이다'라는 생각을 했다. 머리맡에 놓아둔 자명종은 잠든 상태의 나한테 테러를 당해 아마 침대 밑에서 굴러다니고 있을 것이다.

'난 왜 이러지?'

다른 사람들은 모두 당연한 듯이 아침에 일어나고 밤에

잠을 자는데 나한테는 그런 생활이 마치 극복할 수 없는 어려운 문제처럼 앞을 딱 가로막고 서 있는 이유를 모르겠다. 해가 떠 있을 때 겨우 일어난다. 이런 것 하나를 왜 못하는 걸까? 정말로 다른 사람들하고 같은 생물체일까? 어디 한구석이 결핍된 게 아닐까?

기분이 바닥으로 가라앉는 것을 주체하지 못한 채 츠나키 휴대전화에 '죽고 싶어'라는 문자를 보냈다. 조금 지나 답신이 왔는데, '갠찬아'라고 적혀 있었다. 나는 그 문자를 보고는 순간 격한 분노가 치밀어올랐다. '갠찬아가 뭐야? 죽느냐 사느냐에 대한 답문자를 보내면서 확인도 안 해봤단 말이야? 이렇게 짧은 단어도 제대로 못 보내냐, 이 안경쟁이야! 네가 죽어라.'

나는 우선 세탁기를 돌리고 그동안에 청소를 할까 하다가 근처 슈퍼마켓이 밤 10시에 문을 닫는다는 데 생각이 미쳤다. 부랴부랴 옷을 갈아입고 지갑만 들고 집에서 나왔다. 그런데 하필이면 도쿄에 올해 처음 내렸다는 눈이 몇 센티미터나 쌓여 있어 평소 같으면 걸어서 3분 걸리는 편의점에 갈 때조차 망설이지 않고 올라타는 자전거를 탈 수도 없었다. 게다가 눈이 얼어붙기 시작해 아이스링크가 따로 없는 길을 마치 경보하는 사람처럼 종종걸음으로 슈퍼마켓으로 향했다.

눈과 얼음 중간쯤 되는 하얀 고체를 밟았더니 난폭한 생물이 먹이를 뼈째 씹어먹는 듯한 소리가 밤중 주택가에 울려퍼졌다. 로맨틱한 눈의 이미지와는 거리가 멀었다. 그 야만적이고 폭력적인 소리에 맞춰 '죽어, 죽어, 죽어, 죽어' 하고 한 발짝씩 걸음을 옮길 때마다 속으로 중얼거렸다. '왜, 내가, 이렇게, 바보처럼, 잠만 자는지, 누가, 알아듣게, 설명 좀 해봐.' 운동화에 차가운 물이 발끝부터 스며들기 시작했다. '그렇게, 잤는데도, 아직도, 졸리면, 도대체, 얼마나, 인생을, 낭비하자는, 거야.'

거칠어진 입김이 허옇다. 볼이 거칠게 말라온다. 립크림을 바르고 싶다. 전봇대에 개 오줌이 묻어 있는데 비타민C 함유 드링크제인 오로나민C처럼 선명한 노란색이었다.

큰길로 나가니까 겨우 콘크리트 바닥이 보였는데, 그래도 인도 쪽은 여전히 군데군데 얼어붙은 길이 이어져 있어 경보를 그만둘 수가 없었다. 겨울은 추워서 싫고, 여름은 더워서 싫다. 그러니까 일본의 미덕이라고 여겨지는 사계절이 나한테는 걸림돌이라는 느낌밖에 없다.

깐 새우를 사고 싶었는데 껍질 있는 새우밖에 찾지 못했고, 스냅완두콩(Snap Pea, 일반 완두콩보다 크고 껍질도 먹을 수 있는 완두콩 종류—옮긴이)도 사야 하는데 보통 완두콩밖에 없어서 폐점을 알리는 음악이 흐르기 시작한 슈퍼마켓 안에서 어찌해야 할지 갈피를 못 잡던 나는 반액 세일로 나온 전갱이 튀김 팩을 집어들었다.

사실은 "스냅완두콩 대신에 그냥 완두콩을 쓰면 안 되나요? 그런데 스냅이 뭐예요?"라고 물어보고 싶었는데 가게 점원이 부산스럽게 문 닫을 준비를 하고 있었다. 당신도 빨리빨리 장을 보고 나가라는 무언의 압력을 받는 듯한 느낌을 받은 나는 한 통에 300엔 하는 양배추가 비싼 건지 싼 건지 생각할 틈도 없이 계산하고는 영업이 끝나 'CLOSED' 간판이 걸려 있는 슈퍼마켓을 나왔다.

'아아, 만사가 짜증 난다. 다 귀찮다. 내가 왜 슈퍼마켓에 갔지? 아무 생각도 하기 싫다. 빨리 집에 들어가서 잠으로 도망치고 싶다.' 손에 든 1.5리터짜리 펩시콜라가 무겁게 느껴졌다. 아무래도 체력이 많이 떨어졌나 보다.

조금씩 스며들던 눈의 잔해가 드디어 내 운동화 안을 축축하게 진압해버렸다. 양말이 젖으면 아무 생각이 안 나면서 만사가 다 귀찮아지는 이유는 뭘까? 츠나키가 보낸 '괜찮아' 문자를 떠올리면서 가죽장갑을 벗고는 길가에 쌓인 눈 무더기에서 한 덩이를 맨손으로 덥석 집었다. 그러고는 디즈니 영화에 나오는 일곱 명의 난쟁이 인형들이 길 가는 사람들한테 보이도록 가지런히 놓여 있는 단독주택의 문패를 향해 힘껏 던졌다.

뭐가 'MURAKAWA'야. 일본인 주제에 문패에 알파벳을 쓰고 난리야. 무라카와 죽어라. 네 자식들 'MAJYU'랑 'LEON'은 어른이 되어서 우울증에 시달려라.

한껏 거칠어진 숨을 몰아쉬며 아파트에 도착해서 현관에 있는 우편함을 들여다보고 있으려니까 엘리베이터에서 모르는 여자가 내렸다. 그 여자와 엇갈려서 엘리베이터를 타고 3층 버튼을 누른 다음 방금 그 여자가 누군가와 닮았다는 느낌이 들었다. 곰곰이 생각해보니 내가 상상했던 '츠나키의 전 여자친구' 모습과 거의 맞아떨어진다는 것을 알았다.

연한 갈색에 굵은 웨이브로 어깨까지 늘어뜨린 머리, 순해 보이는 처진 눈매, 하얀 코트에 핑크색 머플러, 백화점에서 팔 것 같은 여성용 우산……. 분위기를 보니 회사원인가? 츠나키한테 전 여자친구에 대한 이야기를 직접 들은 적은 없지만 아마 틀림없이 저런 느낌일 거야.

현관에서 운동화와 양말을 재빨리 벗고는 야구에서 도루하는 선수처럼 잽싸게 고타츠 안으로 미끄러져 들어갔다. 난방 기기를 다 켜놓고 나갔다 와서인지 거실은 환기가 전혀 안 돼 숨이 턱 막히는 것 같았다. 그러나 그 온기 덕분에 손 시려운 줄 모르고 눈을 뭉치느라 거의 마비될 지경에 이르렀던 손가락 끝에 감각이 돌아오면서 이제야 겨우 살 것 같았다.

텔레비전을 틀었더니 퀴즈 프로그램에서 스포츠 선수가 일본에서 두 번째로 큰 호수를 묻는 문제에 "엉? 모르겠는데! 어, 어디지? 비와코(琵琶湖, 시가 현에 있는 일본 최대의 호수—옮긴이)는 아닐 테고! 쿠샤로코(くっしゃろ湖, 홋카이도 쿠시로에 있는 칼데라 호—옮긴이)? 아아, 자, 잠깐만요! 그럼 말이죠…… 스, 스, 슨코(すん湖)!" 하고 일본에 없는 호수를 대답

했다. 헐, 황당한 인간이네! 나도 모르게 중얼거렸다.

계획대로 했다면 정리되어 있어야 할 거실의 지저분함이 눈에 들어오지 않도록 고타츠 이불 속으로 머리부터 들이밀고 적외선의 열을 가까이에서 쬐었다. 딱딱하고 얇은 고타츠 깔개이불 때문에 온기가 충분히 느껴지지 않네 하고 몸을 둥그렇게 말면서 생각하다가 나도 모르게 어느새 깜박 잠이 들었나보다.

너무 더워서 참을 수 없어 땀에 흠뻑 젖은 채 고타츠에서 기어나왔더니 누가 시계를 돌려놓았는지 그새 한 시간이 지나 있었다. 텔레비전 소리에 의식이 링크되어 있었는지 퀴즈 프로그램 출전자가 된 꿈을 꾸었다.

멍한 상태로 일어나서 근처에 내팽개쳐둔 슈퍼마켓 비닐봉지를 질질 끌고 부엌으로 갔다. 양말을 신고 싶었지만 빨아놓은 게 없어서 할 수 없이 슬리퍼를 신었다.

수도꼭지에서 나오는 물이 흉악하리만큼 차가워서 거품기를 사용해서 쌀을 씻어 밥솥에 안치고 스위치를 눌렀다. 욕실 앞에 산더미처럼 쌓여 있던 옷들까지 억지로 쑤셔넣고 세탁기를 돌린 다음 국거리용 재료를 깜빡했다는 사실을 깨

닫고 정말 죽어버리고 싶었지만 바닥에 놓여 있던 종이박스 안에 당면이 들어 있는 걸 발견하고는 간신히 버텼다.

'지금 들어와?' 하고 막차를 탈 수 있으면 슬슬 집에 들어올 시간이어서 츠나키한테 문자를 보냈다. 10분도 지나지 않아 '가고 있어. 지금 전철'이라는 답신이 왔다. '암것도 사오지 마'라고 이유도 쓰지 않고 보냈더니 'ㅇㅇ' 하고 이유도 묻지 않는 답신이 왔다. 츠나키는 나의 이번 우울증 증세가 일단은 좀 가라앉은 모양이라고 생각하는 걸까?

전자레인지에 전갱이 튀김을 넣고 버튼을 눌렀더니 1분도 되지 않아 또 팍 하고 뭔가를 큰 가위로 잘라버리는 듯 무시무시한 소리가 들리더니 전기가 나갔다. 깜짝 놀라 순간적으로 움찔하다가 다음 순간 고타츠의 전원을 끄지 않았다는 기억이 컴컴한 어둠 속에서 떠오르며 갑자기 눈물이 주르륵 흘러내렸다. 된장국이 끓는 냄비에 당면을 넣으려고 하다가 말이다.

왜 우는지 나 자신도 알 수 없었다. 설마 스물다섯 살씩이나 먹어서 이런 정전이 무서운 건가? 그런데 눈물이 자꾸만 솟아나왔고 이 정도면 그만 나오겠지 싶은데도 계속 줄줄 흘러 턱을 타고 아래로 뚝뚝 떨어졌다. 머릿속에 있는 무언가가 완전히 망가져버린 것처럼 눈물이 계속 나왔다.

얼마나 지났을까, 추위가 창문 틈새로 파고드는 게 느껴졌다. 그제야 눈물이 그쳤다. 나는 주먹을 쥔 채로 굳어버린 손을 펴고 당면을 내려놓은 후 냉장고 근처를 더듬거렸다. 하지만 휴대전화는 어디에서도 찾을 수 없었다. 정신을 차리고 보니 "까불지 마라!" 하고 천장을 향해 소리를 지르고 있었다.

조금 전까지 쓰던 휴대전화가 없어지다니 이상하지 않은가. 누군가가 고의로 숨겼다는 생각밖에 안 든다. 하지만 누가 무엇 때문에 숨겼는지 모르겠고, 소리를 질러도 여전히 휴대전화가 나오지 않아서 나는 바닥에 쌓여 있던 모든 것을 쓰러뜨리면서 벽을 짚으며 거실을 나왔다.

그때 도대체 두꺼비집이라는 게 어디에 붙어 있는지 모르고 있다는 사실을 깨달았다. 어제 츠나키는 여기서 어느 쪽으로 갔지? 현관 쪽인지 욕실 쪽인지 생각해보려고 해도 머리가 도무지 돌아가지 않았다. 이건 진짜로 잠을 너무 자서 뇌가 썩기 시작한 거 아닌가 하고 또 다른 사고 회로가 작동하기 시작했다.

이를테면 노래방에서 내가 주문한 음료수만 너무 진하게 나왔을 때, 역에서 내 표만 기기에 들어가지 않을 때, 내 휴대전화를 숨긴 누군가에게 '다 보고 있다'는 소리를 듣는 듯한 기분이 든다. '네가 다른 사람하고 똑같은 척하면서 남들 틈에 섞여 있다는 걸 알고 있다'라고 경고하는 게 아닌가 하는 착각을 할 때가 있다.

분명 땅바닥을 딛고 있는데 발밑에 아무것도 없는 것처럼 느껴지거나 처음부터 내 주위에는 만질 수 있는 뭔가가 전혀 없고 그래서 무엇과도 연결되어 있지 않은 듯한 헛된 망상에 사로잡혀 미칠 것만 같았다. 그런 순간은 일상생활 중에 절묘한 타이밍으로 나타나서 사회생활을 하려는 내 눈을 정기적으로 번쩍 뜨게 한다. 반찬 코너의 여자가 '걸레 죽어'라고 내 이름표에 쓴 것도 그런 나의 불안감을 그 여자가 민감하게 알아차렸기 때문일 것이다.

바로 옆에 있어야 할 서재 방문도 보이지 않았다. 벽을 몇 번이고 손바닥으로 두드려 확인했다. 비비듯이 쓰다듬으며 거칠거칠한 벽지의 감촉을 필사적으로 내 머릿속에 송신했다. 그런데도 어찌된 영문인지 여기에 정말 벽이 있는지 없는지 도무지 확신이 서지 않았다. 벽의 단단함이 이런 거였던가?

침대에서 눈을 뜨고는 아직도 꿈을 꾸고 있는지 아니면 잠에서 깼는지 분간할 수 없을 때가 종종 있다. 현실하고 똑같이 알람시계와 전기 스위치를 몇 번이고 만지면서 확인하는데도, 그래서 틀림없이 누른 감촉을 손가락으로 느낀 것 같은데도 꿈이었던 적이 많다. 심할 때는 아무리 깨어나도 여전히 꿈속이다. 이대로 끝없이 꿈속에서 깨어나기를 반복하는 게 아닐까 하는 공포와 싸우면서 필사적으로 이번만큼은 틀림없이 느끼리라 하고 현실의 감촉을 찾아 헤맨다.

그래서 지금도 이렇게 벽을 짚고 있는 내가 사실은 침대 속에서 자고 있을 가능성을 끝까지 배제하지 못한다. 확실한 증거를 찾아서 벽을 두드리는 손에 점점 힘을 더 주게 된다. 콘크리트 벽에 살이 부딪치는 둔한 소리가 울려퍼진다.

정전은 느닷없이 어린 시절의 기억으로 이어져서 엄마를 생각나게 했다. 엄마 이타가키 사토코는 동네에서도 알아주는 사차원적인 성격으로 딸인 내 눈에도 무슨 생각을 하는지 도무지 알 수 없었다. 주부들 모임에도 어울리지 않았고 파트타임으로 돈을 벌러 다니는 것도 아니었다. 집안일도 제대로 하지 않으면서 이불 속에서 머리가 아프다고 누워 있기만 했다.

샐러리맨이었던 아버지는 그런 엄마를 포기했는지 특별히 뭐라 그러는 일 없이 저녁은 슈퍼마켓에서 사온 반찬이나 도시락, 아니면 외식으로 때우는 것이 당연했다. 빨래나 청소도 일주일에 한 번 할까 말까 할 정도였다. 아무튼 내 기억 속의 엄마는 열에 여섯은 이불 속에 있었다. "힘든 병이다"라고 엄마한테 귀에 못이 박히도록 들었고 실제로 병원에 다니기도 했기 때문에 내가 어렸을 때는 엄마가 몸이 약하다는 사실을 믿었다.

하지만 고등학교에 들어갈 무렵이 되자 아무래도 우리 집이 좀 이상하다는 점을 알게 되었다. 엄마가 무슨 병에 걸렸는지 어느 누구도 가르쳐주지 않아서 엄마가 먹던 약을 알아봤더니 몇 가지 종류의 신경안정제였다. 그제야 그동안 이상했던 모든 일의 수수께끼가 풀렸다. 그러고 보니 엄마는 비가 오면 하루 종일 방에서 꼼짝도 하지 않았다. 나도 그때의 엄마처럼 비가 오면 침대에서 나가지 못한다.

기억 속 엄마의 모습 중 열에 하나가 남들하고 제대로 대화를 나눌 수 있는 평범한 상태라고 한다면 나머지는 잔뜩 들떠 있는 조증 상태였다. 가족여행을 가면 엄마는 이중인격자가 아닌가 싶을 정도로 들뜬 모습을 보였다. 홋카이도에 갔을 때는 울타리를 넘어서 갑자기 소 떼 속으로 뛰어드는 바람에 목장 주인한테 끌려 나와야 했다. 오키나와에 갔을 때는 미군에게 초콜릿을 내밀면서 엉터리 영어로 말을 거는 엄마의 행동에 깜짝 놀란 아버지가 미안하다고 사과하면서 차로 데리고 오기도 했다.

그리고 이렇게 정전이 되었다가 불이 들어오면 느닷없이 벌거벗은 모습을 짜잔 하고 드러내는 것이 엄마가 가끔씩 하던 깜짝 이벤트 같은 것이었다. 어린 나이에는 그런 엄마의 행동이 우리를 즐겁게 해주려고 일부러 하는 것이려니 생각했는데 이제는 실상을 알 수 있다. 엄마는 적어도 이십몇 년 전부터 조울증 환자였던 것이다.

고등학교를 졸업하고 바로 도쿄로 올라와 디자인 전문학

교에 다닌 이후로 내가 집에 간 것은 7년 동안 다 합쳐도 3주 정도밖에 안 된다. 적어도 가끔 4박 5일씩 집에 머무르는 동안에 엄마도 밥을 하거나 목욕물을 준비하는 등 보통 주부처럼 생활했다. 그래서 정말 오랫동안 엄마가 다른 보통 주부처럼 살아온 것인 양 착각했던 것이다.

나도 부모님 집에 가 있는 동안에는 보통 자식처럼 행동했다. 아버지도 우리가 옛날 일은 전혀 기억하지 못할 것으로 여기는지 그런 이야기를 구체적으로 한 적은 한 번도 없다. 전화를 했을 때도 "돈이 필요하다고 이상한 비디오를 찍거나 하지는 말거라" 하며 내 걱정을 늘어놓았다.

엄마도 이제 오십이 넘었으니 병원에 다니지 않을 정도가 되었을까? 비 오는 날도 예전처럼 하루 종일 이불 속에 누워 있지는 않겠지? 정전이 되어도 벌거벗지는 않겠지?

너무나도 비현실적인 엄마에 대한 기억을 떠올리고 있는데 현관에서 짤깍 하고 열쇠 돌아가는 소리가 들리더니 아파트 복도에서 인공적인 불빛과 심야의 얼어붙은 냉기와 츠나키가 동시에 집 안으로 들어왔다.

"여기서 뭐하고 있는 거야?"

츠나키는 캄캄한 집 안 복도에서 벽을 양손으로 짚은 자세로 덜덜 떨고 있는 나를 보고는 깜짝 놀란 모양이었다. 내가 울먹울먹하며 파랗게 질린 입술을 움직여 말을 하려고 하자 "아, 두꺼비집?" 하더니 내 머리 위로 손을 뻗어서 검은 스위치 같은 것을 틱 하고 올렸다. 순식간에 집 안에 전기가 들어왔다.

내 눈앞에는 벽이 엄연히 존재했고, 그 벽을 때리던 주먹은 팅팅 부어서 아파오기 시작했다. 그 덕분에 내가 깨어 있다는 사실을 간신히 실감할 수 있었다.

• • •

"그러니까 내가 어른답게 대화로 풀어보자고 그러는 거잖아. 그런데 그쪽은 뭐야. 아까부터 건성으로 영혼 없는 대답만 하고. 내가 같잖아 보여?"

옆자리에 앉은 커플이 노골적으로 재미있어하는 표정으로 우리 쪽을 흘끗거렸다. 고개를 푹 숙인 내가 앞에 앉아 있는 상대 때문에 우는 것처럼 보이는 걸까? 거의 다 마신 바나나 주스를 빨대로 쭉 빨아올리면서 다시 한 번 눈을 들어 맞은편에 앉아 콧구멍에서 담배 연기를 내뿜고 있는 여자를 흘끗 쳐다보았다.

"왜? 불만 있어?"

여자의 말에 나는 힘없이 고개를 저었다.

요즘 들어 기분이 더욱 가라앉아 수면 시간이 늘어난 생활을 하고 있었는데 갑자기 아파트에 이 빨간 코트를 입은 츠나키의 전 여자친구가 찾아와서 나를 억지로 이 커피숍까지 끌고 온 것이다.

"그쪽도 아까 그랬잖아. 케이하고는 잘 안 맞는다고. 아니, 처음부터 어쩌다 같이 살게 된 거라며? 그럼 문제될 거 없잖아. 그냥 헤어져 달라고."

여자는 유리 재떨이에 대고 담배를 꾹 눌렀다. 담배에 여자의 미간하고 똑같이 깊은 주름이 몇 가닥 잡히면서 재 속에 담뱃불이 짓이겨졌다. 여자는 나에게 대답할 시간을 주려는 것인지 잘 다듬어진 손톱을 잠시 만지작거리더니 참지 못하고 말보로 라이트 담배 한 개비를 꺼냈다.

나는 여자가 눈치채지 않게 살짝 혀를 찬 다음 빨대로 얼음을 휘저어서 컵 안에 내용물이 없다는 점을 강조했다. 마실 것도 떨어졌으니까 이제 나갑시다, 라는 분위기가 되기를 기대했지만 여자는 자기가 주문한 커피에 설탕만 넣고 입도 대지 않은 상태였다. 완전히 식어빠졌을 커피에 눈길도 주지 않고 여자가 다섯 개비째 담배에 불을 붙이기에 나는 할 수 없이 물컵에 손을 뻗었다. 수돗물일 것 같아서 이런 데서 주는 물은 별로 마시고 싶지 않은데.

츠나키의 전 여자친구는 백화점표 여성용 우산을 들거나 포근한 핑크색 머플러를 두른 사람이 아니었다. 미묘하게 깊이 파인 브이넥으로 가슴을 은근히 강조하는 갈색 스웨터에 검은 타이트 스커트를 입고, 민낯의 나를 밖으로 끌어내면서 자기는 빈틈없이 완벽한 메이크업을 하고 있는, 뜻밖에도 잘나가는 것처럼 보이는 직장 여성이었다.

이달 말 자기 생일이 돌아오는데 그전까지 나를 만나 확실하게 해두고 싶었다며 뒤늦게 자기 이름을 '안도'라고 밝히면서 여자가 설명했다.

"이렇게 어중간한 기분으로 생일을 맞기가 너무 싫었어. 아니면 아닌 대로 할 수 없지만 그래도 일단은 내가 케이랑 다시 합칠 가능성이 정말 없는 건지 분명히 해두고 싶었거든."

나는 그 말을 들은 순간 가능성이고 뭐고 다른 남자가 생겨서 츠나키를 버린 사람이 누군데 하는 생각이 들었다. 하지만 "미안해. 그래도 난 너 아니면 안 되겠어"라는 말을 아무렇지도 않게 뱉는 성미 같아서 깊이 따지지는 않기로 했다. 보나마나 새로 사귄 남자한테 차여 벼랑 끝에 내몰린 위기감 같은 걸 느끼나 보지. 어쩌면 츠나키가 편집장이 됐다는 소문을 듣게 된 건지도 모르고.

"지난번 신주쿠 역에서 츠나키를 우연히 봤거든. 건너편 승강장에 있어 말을 못 걸었지만 어른스러워져서 깜짝 놀랐어. 전에는 정말 맹한 느낌의 애였는데. 하긴 이제 서른둘이니까. 역시 서른이 넘으면 남자는 많이 달라지는 것 같아."

안도는 이달 생일에 자기가 몇 살이 되는지 절대 말하지 않았지만 초조감을 느끼는 정도로 봐서 서른일곱이나 여덟 정도 되겠구나 하고 막연히 추측했다. 츠나키가 연상이랑 사귀었다는 사실이 뜻밖이었다. 사람에 따라서는 그 지루함이 모성 본능을 자극하기도 하는 모양이지?

대각선 맞은편 의자 등받이에 걸어놓은 빨간 코트에 햇빛이 십자 모양의 창틀 그림을 그려놓고 있었다. 여자의 얼굴을 제대로 보고 싶지 않아 테이블 귀퉁이에 놓인 루이비통 가방의 모노그램이 몇 개나 되는지 세면서 이 사람도 직장에서 "느긋하게 온천 같은 데 가고 싶다!"는 소리도 할까 하고 마음대로 상상하며 시간을 죽였다. 담뱃재를 재떨이에 털 때마다 가느다란 손목시계를 위아래로 흔들며 안도는 마치 설교하는 듯한 말투로 혼자 계속 떠들어댔다.

"그런데 케이는 성격이 그래서 전 여친하고 다시 사귀게 되었으니까 집에서 나가달라고 그쪽한테 절대 말할 수는 없을 거야. 누군가를 밀쳐내지 못하는 사람이니까. 뭔가 자기가 결단해서 선택하는 걸 정말 못하는 남자란 말이야. 내 말 무슨 뜻인지 알지? 그러니까 둘 중 하나를 꼭 선택해야 할 경우 케이는 틀림없이 지금 상태를 계속 유지하는 쪽을 택한단 말이야. 아니, 선택 자체를 안 할지도 모르지. 선택당하지 않은 쪽이 불쌍하다는 생각 때문에 자신은 아무것도 하지 않고 어느 한쪽이 남을 때까지 기다리는 거야. 상대방한테 결단하게 만드는 거지. 그러니까 그쪽이 그 집에 붙어 있는 한 케이의 진짜 마음을 확인할 수 없다는 거야. 왜냐하면 그쪽은 내가 포기할 때까지 그냥 그 집에 계속 눌어붙어 있으면 되잖아. 그런 식으로 생각하니 케이보다는 우선 그쪽하고 얘기해야 할 필요가 있겠다 싶더라고."

안도가 무슨 말을 하고 싶은지 대충은 알겠지만 솔직히 나로서는 '당신 생일이 닥쳐오든 말든 내 알 바 아니다'라는 생각이 들 뿐이었다. 여자는 진한 화장으로 가리기는 했지만 눈가가 어딘지 모르게 그늘져 있는 게 절박한 인상을 풍기면서 살짝 무서운 느낌을 주었다.

"내 말 듣고 있는 거야?"

안도가 눈썹을 추켜세우면서 내 정강이를 가볍게 찼다. 다리를 바꿔 꼬면서 부츠가 나한테 닿았나 싶었지만 그렇지 않다는 듯이 깜짝 놀란 표정을 짓고 있는 나를 빤히 보면서 다시 한 번 다리를 툭툭 건드렸다. 어떻게 생전 처음 보는 사람한테 이런 짓을 할 수 있지? 도저히 이해할 수 없는 행동에 아연실색한 나는 유니버설 스튜디오의 모든 놀이기구가 당연한 듯이 물을 뿌려대는 이해 불가능한 황당함에 마주쳤을 때처럼 충격을 받았다.

그 여자가 그러거나 말거나 무시하고 가버리면 되는데도 나는 의자에서 일어날 수조차 없었다. 어찌된 영문인지 지금까지 살아오면서 이런 유형의 남녀가 벌이는 진흙탕 싸움에 종종 말려들곤 했기 때문에 마음의 여유만 있었다면 그 필사적인 모양새를 재미있게 방관할 수도 있었을 것이다. 하지만 지금의 나로서는 안도가 내뿜는 부정적인 아우라가 너무 강력해 속으로 놀려먹을 기운도 생기지 않았다.

"직장도 없이 24시간 계속 집에 있으면서도 집안일을 아무것도 안 하다니, 너무한 것 아냐? 도대체 케이랑 같이 사는 이유가 뭔데? 돈이야? 이런 말을 하기는 뭐하지만 그쪽은 여자로서 어쩌고저쩌고하기 이전에 인간으로서 꽝인 거 알아? 뭐하러 사는 건지……. 케이는 도대체 뭐가 좋다고 그쪽이랑 같이 사는 거야?"

'이런 여자가 하는 말은 들을 필요도 없다. 이건 정당한 평가도 아니고, 나에게 상처를 주기 위해 하는 말이니까 곧이곧대로 받아들이면 안 된다.' 스스로에게 그렇게 말하고 있는데 안도는 날 선 말을 연거푸 쏘아댔다.

"그냥 편해서 같이 있는 거잖아? 두 사람이 사귀면서 건

설적이라고 할 수 있는 부분이 뭐가 있어? 돈이 없어서 그 집을 못 나간다는 말도 그냥 어리광이지. 정말로 독립해야겠다 싶으면 술집이라도 나가야 하는 거 아냐? 일할 마음이 생기지 않네 해도 여유가 있으니 하는 말이지. 그쪽은 케이나 나를 너무 쉽게 생각하는 거야. 어차피 오늘 일도 나중에 이상한 여자가 와서 또라이 짓을 하더라고 비웃으면서 누구한테 떠벌릴 거 아냐?"

안도는 안 봐도 다 안다는 듯 입가에 가식적인 웃음을 지어 보였다. 하지만 눈은 웃지 않았다. 우리 옆을 지나가던 종업원이 슬쩍 눈길을 주고 갔다. 옆자리에 앉았던 커플은 어느새 가고 없었고 창문에서 비춰드는 햇빛도 이제 더 이상 빨간 코트를 데우고 있지 않았다.

"어떤 사이코가 와서 시비를 걸더라고 할 거잖아. 안 그래?"

도대체 츠나키한테 얼마나 미련이 남았는지 모르겠지만 아무 말도 하지 않는 사람을 상대로 북 치고 장구 치고 혼자서 난리였다.

안도가 더 심하게 말을 할 것 같아서 "그건 아닌데……"

하고 한 발 물러서는 모습을 보였더니 이번에는 "그럼 나 같은 건 화제로 삼을 가치도 없다는 거야? 자의식 과잉이라는 뜻이야?" 하며 충혈된 눈을 부릅떴다. 함정이다. 그렇다고 하든 아니라고 하든 이 여자한테 당하게 되어 있다. 애매하게 얼버무리면 또 "나를 우습게 보냐?"며 흥분하고. 이건 완전히 시비를 걸자고 달려드는 거다.

결국 커피숍으로 끌려들어간 지 한 시간도 더 지나고 나서야 그 여자한테서 벗어났다.

"오늘은 이 정도로 하고 가는데, 오늘 일은 절대 아무한테도 말하면 안 돼."

안도는 다시 한 번 못을 박으면서 부츠 뒤축으로 위압적으로 나를 다시 걷어찬 다음 인파 속으로 사라졌다.

안도에게서 풍기던 향수 냄새가 오가는 사람들의 발걸음에 흩어졌다. 숨이 콱 막힌 상태여서 나도 모르게 하늘을 올려다보니 붉게 물든 저녁노을이 컴퓨터그래픽으로 작업한 것처럼 절묘했다. 이 모든 것이 꿈속의 일이었으면 좋겠다는 옅은 기대감을 가슴에 품고 한동안 그 자리에 멍하니 서 있었다. 그러다 자전거 탄 아줌마가 끈질기게 울려대는 벨 소리에 방목된 소처럼 길 가장자리로 내몰려 지저분해진 눈의 잔재를 허탈하게 내려다보았다.

누군가의 악의를 이만큼 직접적으로 받은 건 정말 오랜만이어서 마음은 처참하게 박살 나 있었다. 방 안에 틀어박혀 조금씩 치유하던 상처를 그 부츠 뒤축이 사정없이 쑤셔놓았다. 어째서 그렇게까지 나를 함부로 대하고 자신의 감정을 적나라하게 드러낼 수 있는지 도무지 이해할 수 없었다.

한 발짝 걸을 때마다 점점 화가 치밀어올라 그때 이렇게 반박할걸, 저렇게 맞받아칠걸 하는 분함이 가슴속을 이리저리 휘저어놓는 바람에 아파트에 도착했을 무렵에는 지칠 대로 지쳐 있었다. 나는 기절하듯이 침대에 푹 쓰러졌다.

자기가 정한 한도 시간을 눈앞에 둔 안도는 무슨 일이 있어도 츠나키와 다시 애인 사이로 돌아가고 싶은지 그 뒤로 날마다 우리 집에 와서 초인종을 눌러대기 시작했다. 마침 잡지 마감 기간이라 츠나키가 집에 거의 들어오지 않는다는 사실을 알고 그러는지 안도의 습격은 밤낮 없이 계속되었다. 역시 전 여자친구는 다르다.

나는 그걸 계속 침대에 틀어박혀서 무시했는데 한번은 베란다에 나갔다가 우연히 아래쪽 주차장에서 담배를 피우면서 이쪽을 올려다보던 안도랑 눈이 마주친 이후로 초인종 공격은 더 심해졌다. 이럴 줄 알았다면 무직에 과면증 걸렸다는 말을 하지 말걸, 후회했다.

이렇듯 안도가 시도 때도 없이 초인종을 눌러대는 바람에 매일매일 수면을 방해받아 정말이지 경찰에 신고해버릴까 하는 생각도 들었다. 하지만 경찰에서 조서를 만드는 것만큼 우울한 이벤트가 어디 있을까 싶어 참았다. 어쨌든 그 여자가 말했던 생일만 지나면 어쩔 수 없이 포기하겠지 하는 일말의 희망을 가지고 끝까지 무시하기로 작정했다.

물론 안도랑 만난 일을 츠나키한테 얘기할까 하는 생각도 해봤다. 하지만 오랜만에 집에 들어와서 곧바로 잠을 자려는 츠나키의 등에 대고 "잠깐 얘기 좀 해" 했더니 "미안. 나 진짜로 자야 돼"라고 지친 기색이 역력한 목소리로 한숨을 내쉬며 대답하는 바람에 그 생각도 접었다.

이 남자는 나 때문에 자신이 피해를 당하고 있다고 굳게 믿고 있다. 그 얼굴에 대고 내가 네 전 여자친구한테 얼마나 말도 안 되는 일을 당하고 있는지 아느냐고 따지고 싶었지만 이왕에 그렇게 시비를 걸 거면 좀 더 피해를 당한 다음에 이야기를 꺼내서 무릎 꿇고 빌게 해야지 하는 생각이 들었다.

게다가 초인종을 한 차례 줄기차게 누르다가 안도는 "츠나키한테 말하면 내가 죽어버릴 거야"라는 말을 어김없이 우편함 입구에 대고 하고 가기 때문에 만약 츠나키가 어중간하게 대처한답시고 공연히 자극했다가는 정말로 자살해버릴지도 몰랐다. 그 여자라면 자살을 해도 틀림없이 이쪽에 최대한 피해를 주는 방법으로 할 것 같은 느낌이 들어서 오늘도 할 수 없이 노트북을 열었다.

어제 써두었던 '또 왔음! 오늘도 자고 있는데 그 여자가! 덕분에 기분 최악으로 일어남!'이라는 글을 찾아 확인했다. 여자가 예상했던 대로 나는 이 게시판에서 안도를 씹어대는 걸로 스트레스를 풀고 있었다.

'어떻게 매일 올 수 있죠? 일 안 하는 사람인가?'

'아마 회사에서 빠져나오지 싶네요. 전에 보니까 정장 차림이었어요. 회사가 우리 집이랑 같은 노선인가? 일 끝내고 온 것 같은 느낌일 때도 많고.'

'결혼하려고 안달하는 여자는 님 무서움……'

'제대로 일할 수 있는 사람이 과면증 환자를 괴롭히다니!'

'아마 님이 보통 사람들처럼 직장에 다닌다면 이렇게까지 공격당하지는 않았을 듯. 잠만 자는 여자 주제에 네가 뭔데 하는 심리 아닐까요?'

'아예 자살하라고 내버려두는 건 어떨지?'

'그래도 자명종 대신으로 쓰기는 나름 괜찮은 듯. 저는 또 15시간 자고 있었어요. 이걸로 아르바이트에 연속 3일 지각. 점장한테 '또 늦으면 아예 오지 마라'는 통보를 받았어요. 자명종을 맞춰놓기는 했는데 일어날 수 있을지 불안해요. 님들은 어떻게 일어나나요? 깼다가 또 잠드는 건 제 의지가 너무 약해서일까요?'

'님을 괴롭히는 전 여친을 공감하는 건 아니지만, 난 아무래도 결혼 못할 듯. 요즘은 전 남친하고 헤어지지 말걸 하는 생각을 자주 함. 이런 여자는 내가 남자라도 절대 사양임!'

'님들은 약 먹고 있음? 난 이것저것 먹어봤는데 그나마 리탈린밖에 없는 듯. 약발이 잘 듣는 건 아니어도 먹지 않는 것보단 나음.'

'과면증 약은 불면증 약에 비해서 너무 없음! 똑같이 수면장애인데 잠을 넘 많이 자서 고민이라고 말하면 동정하는 사람 하나도 없고! 괴롭다……'

'하긴 남들 눈에는 그냥 게으름임. 이 체질이 얼마나 힘든지 알게 해주고 싶음.'

'님들! 내일은 비가 온다는 소식. 일어나는 걸 아예 포기한 상태. 즐잠하셈!'

한참을 채팅하다 노트북을 닫았다. 오후 2시 넘어서 안도 때문에 일어나 뒹굴거리고 있었는데 어느새 창밖을 보니 날이 저물고 있었다. 배가 고팠지만 냉장고에는 여전히 드링크제밖에 없어서 할 수 없이 머플러를 목에 둘둘 감고 도시락 가게에 가려고 집 밖으로 나왔다.

"잠깐 얘기 좀 하지."

엘리베이터에서 내리는데 느닷없이 누군가 내 팔을 잡았다. 확인해볼 것도 없이 안도였다. 하루에 한 번씩만 습격한다는 생각에 완전히 방심하고 있던 나는 전에 커피숍에서 시비를 걸어왔을 때보다 눈매가 훨씬 더 날카로워져 있다는 사실을 깨닫고는 안도가 잡고 있는 손에서 악의가 내 몸으로 빨려들어오는 듯한 감각에 사로잡혔다. 무슨 일이 있었는지 모르지만 그녀는 요 며칠 사이에 눈에 띄게 기운이 더 강해졌다. 향수와 흉악스러운 독기 때문에 현기증이 날 것 같았다.

너무 놀라서 아무 말도 못하는 내 등을 떠밀다시피 해서 아파트 입구를 나선 안도는 살벌한 미소를 짓더니 우선 밥부터 먹자며 전철역 쪽으로 걸어가기 시작했다. 어느새 내 팔짱까지 끼고 있어서 도망칠 수도 없었다. 이렇게 추운 날씨에 설마 계속 거기에 숨어 있었나? 그렇다면 이건 30대가 끝나가서 안달이 나 있는 정도가 아니라 태어날 때부터 갖고 있는 성품 문제라는 생각이 들었다.

이대로 술집에 팔려가는 건 아닌가 불안했지만 안도가 나를 데리고 간 곳은 역 앞에 있는 작은 이탈리안 레스토랑이었다. 벽돌로 장식된 실내에는 한가운데 산타클로스가 타고 내려올 것 같은 벽난로가 있고 램프의 따뜻한 불빛 덕분에 푸근한 아지트 같은 분위기가 풍기는 곳이었다. 오후의 어중간한 시간대여서 그런지 다른 손님은 보이지 않았다. 우리는 커피숍에서 만났을 때와 마찬가지로 창가에 자리를 잡고 앉았다.

그러자 빨간색 카페 앞치마를 두른 금발 여자가 주문을 받으러 왔다. 나는 다진 쇠고기와 주키니 호박으로 만든 바실리코 파스타를, 안도는 카차토레와 순무 버섯 샐러드, 그리고 식후에 커피를 갖다 달라고 주문했다.

식사하면서 보니 안도는 눈 주위가 더욱 어두워져 있었다. 그녀는 츠나키랑 헤어진 건 절대 진심이 아니었다, 그때는 잠시 제정신이 아니었다, 자기는 이제껏 열심히 일하면서 나름 성장했다고 생각하고 앞으로도 더욱 자립한 어른끼리 멋지게 사귈 수 있다고 생각한다는 내용의 얘기를 주저리주저리 끝도 없이 늘어놓았다. 하지만 포크로 나를 찌르거나 하는 일은 없었다.

"케이한테 나에 대한 얘기는 안 했지?"

마지막 한 입을 삼킨 안도는 냅킨으로 입가를 닦으면서 다그쳤다. 토마토소스인지 립스틱인지 분간할 수 없는 빨간 것이 냅킨에 찐득하니 묻어났다.

"안 했어요."

얘기할 기력도 없었다는 말이 더 맞지만 나는 그렇게 대답했다.

“잘했어. 난 그쪽이 그만한 자존심도 없는 여자면 어쩌나 걱정했지.”

안도는 도발하듯이 가식적인 미소를 지어 보인 다음 “그래서, 언제 나갈 건데?” 하고 목소리 톤을 바꾸며 담뱃갑에 손을 뻗었다.

‘드디어 본론에 들어갔군.’

“글쎄요, 언제가 될지. 아직은 나갈 돈이 없어서…….”

식욕이고 뭐고 다 사라져서 나도 안도처럼 윗도리 주머니에서 담배를 꺼냈다. 둘이 거의 동시에 입에 문 담배에 불을 붙였다. 하지만 안도의 라이터는 인조 보석이 잔뜩 박혀 있는 명품 라이터였고, 내 것은 편의점 계산대에서 파는 일회용 라이터였다.

잠시 후 안도가 입을 열었다.

“그쪽 말이야, 정말 일할 마음이 있기는 한 거야?”

“……그야 있죠.”

“그럼 왜 일자리를 안 찾아보는 건데?”

“이거다 싶은 일이 없다고 할까…….”

일을 하고는 싶지만 어차피 보나마나 여기로 또 돌아오겠지 하는 생각이 들면 침대에서 움직일 수가 없게 된다.

"지금 이것저것 따질 때야? 아무래도 정말 나를 우습게 보는 모양이네."

아아, 큰일이다. 안도의 목소리가 날카로워졌다. 토마토소스의 닭고기로 흩어졌던 적대감이 점점 하나로 모여서 형태를 이루기 시작한다. 나는 종업원을 불러서 먹다 남긴 내 파스타를 포함해서 탁자 위의 접시를 다 치워달라고 했다. 이제 식탁에 남은 것 중에서 흉기가 될 만한 물건은 이쑤시개뿐이었다.

"커피요."

안도는 나에게서 시선을 떼지 않은 채 종업원한테 주문한 다음 "내가 같잖은 거지?" 하고 또 그 소리를 되풀이했다.

"아니라니까요. 왜 그런 식으로 연결이 돼요?"

"이봐, 그쪽은 자기가 인간으로서 얼마나 밑바닥인지 생각해본 적 있어? 집 안에서 잠만 자는 주제에 남자한테 먹여 살리라고 하고, 그걸 당연하게 생각하면서 케이를 괴롭히고. 주위 사람이 자기 때문에 당연한 행복을 누리지 못하고 있을지도 모른다는 생각을 해본 적 없어? 열심히 일하면서 성실하게 생활하는 나 같은 사람이 어째서 그쪽의 그 썩어빠진 게으름 때문에 피해를 당해야 하는데? 이거 엄청난 피해야. 알아? 아무것도 할 마음이 생기지 않는다면 아예 죽어버리지 그래? 방구석에 틀어박혀 평생 잠만 자는 거랑 죽어버리는 거랑 별 차이도 없잖아?"

'그만해, 그만해, 그만하라고.' 나는 필사적으로 안도가 뱉어내는 말의 의미를 이해하지 않으려고 애쓰며 묵묵히 담배만 피웠다. 그러자 안도는 언성을 높이면서 손바닥으로 탁자를 쾅 내리쳤다.

"혼자 여유로운 척하면 다야? 자립하려고 노력하지도 않는 주제에 지금 사람 무시하는 거야 뭐야!"

진동 때문에 탁자 가장자리에 놓여 있던 나무로 된 계산서꽂이가 넘어졌다. 안도의 어깨 너머로 가족끼리 온 손님이 종업원을 불러야 할지 말지 망설이는 모습이 보였다.

안도는 주위 상황은 아랑곳 않고 계속 말했다.

"대답을 하란 말이야. 정말 일할 마음이 있는 건지 없는 건지."

"있어요."

"거짓말 아니겠지?"

"거짓말 아니에요."

나는 어떻게든 이 상황에서 벗어나고 싶은 마음에 고개를 끄덕였다. 뭐라도 좋으니까 빨리 해방되고 싶었다. 이 여자랑 마주하고 있는 것만으로도 살고 싶은 기력이 점점 빠져나가는 것이 느껴졌다.

안도는 "알았어" 하며 일어섰다. 나는 속으로 안도의 한숨을 쉬면서 담배를 재떨이에 비벼 끄고 의자에서 일어섰다. 식후의 커피까지는 같이 안 마셔도 되는 모양이다, 내가 밥값을 계산하지 않아도 되겠지하는 생각을 하다가 반 이상 남긴 바실리코 파스타 가격이 1180엔이라는 사실을 순간적으로 머릿속에 떠올렸다. 사실 조금 전 나는 오리진 도시락집에서 490엔짜리 닭튀김 도시락을 사려고 했기 때문에 돈이 부족했다.

"그럼 지금 당장 일하면 되겠네."

"네?"

무슨 소리인지 알아듣지 못하고 있는데 안도는 손을 들어서 주문한 커피를 갖다 주려던 금발의 종업원을 불러 "이 집에서 아르바이트생 모집하고 있죠?" 하고 물었다.

• • •

내가 순순히 일해야겠다는 마음이 든 이유는 '트라토리아 라티나'가 예전에 불량학생으로 이름을 날리던 부부가 경영하는 정말 가족적인 이탈리안 레스토랑이었기 때문이다. 그들은 얼핏 보기에 나와 츠나키, 안도와 전혀 다른 종류의 사람들로 보였는데, 대화를 나눠보니 상당히 뜨거운 열정을 갖고 있어서 내가 어떻게든 채용되지 않으려고 정신적으로 불안정한 상태라는 이야기를 했는데도 젊은 사장은 "열심히 일하면서 잘 고쳐보자고!" 하더니 내 타임카드를 안도의 눈앞에서 만들어줬다.

나는 당연히 레스토랑에 나가지 않을 생각이었다. 그런데 그날 집으로 돌아와서 평소에 들어가던 게시판을 들여다보니 며칠 전 내가 써놓았던 안도의 자살 발언에 대해 뜨거운 논쟁이 벌어져 있었다.

'그런 여자는 자살하게 내버려두는 게 세상을 위한 일' '위장자살인지 아닌지 끝까지 지켜봐야 한다' '리얼타임으로 자살 보고를 하라' '아니, 그 여자는 실제 인물이 아니라 전부 글쓴이가 지어낸 거 아닌가?' '정말? 그럼 글쓴이가 죽어야겠네' '100만 엔 주면 내가 죽여주지'라는 등의 글들이 난무하는 화면을 보고 있으려니 구역질이 나서 먹었던 파스타를 화장실에서 전부 토하고 말았다.

세면대 안쪽에 끼어 있는 검은 곰팡이를 바라보면서 이런 곳에서 하루빨리 벗어나야겠다고, 그제야 번뜩 정신이 들었다. 시큼한 냄새를 빨아들이면서 반대로 대량의 물이 코에서 빠져나갔다. 입가에 끈적거리는 침을 길게 흘리며 방금 먹은 파스타를 몸 밖으로 토하고 있는 내가 마치 외계인처럼 느껴져 또다시 뭐라 말할 수 없는 불안감이 생겨났다.

세면대 여기저기를 만져보았다. 차가운 도자기 감촉이 이런 게 맞는지 기억해내려고 하는데 영 확신이 서지 않았다. 확신이 필요했다. 수도꼭지 옆에 뒹굴고 있는 T자형 면도기로 다시 고등학생 때처럼 털이란 털을 모조리 깎고 싶은 충동에 사로잡혔다.

그러나 나는 곧 '안 돼, 안 돼, 안 돼' 하고 되뇌면서 면도기를 창문 밖으로 던져버렸다. 난 스물다섯 살이야. 정신 차리란 말이야.

다음 날 라티나에 가서 제일 먼저 받게 된 건 '각킹'이라는 내 호칭이었다. 가게에 들어서자마자 예전에 불량학생이었다던 사장이 "별명부터 지어야지"라고 하자 사장의 부인인 열아홉 살의 미즈키가 "그럼 이타가키에서 가키를 따와서 각킹이라고 하면 되겠네!" 하며 손뼉을 치는 바람에 이 근본도 없는 호칭이 내 이름이 되어버렸다.

라티나는 문을 연 지 3년째 되는 아담한 이탈리안 레스토랑으로 종업원은 오늘 들어온 나를 포함해서 여섯 명이었다. 홀 담당은 갈색 머리의 미즈키와 미즈키의 친구인 예전에 불량학생이었다는 금발의 리나였다. 주방에서 요리하는 사람은 사장과 사장의 부모로, 정말 가족이 경영하는 가게였다. 지난달까지 홀에 있던 불량학생 출신의 여자애가 아이를 가져서 결혼한다고 그만두는 바람에 그 자리에 내가 채용된 모양이었다.

이 가게는 스물아홉 살까지 오토바이 폭주족이었던 사장

이 "남자라면 자기만의 세계를 가져야지!"라고 큰 결심을 하고는 무슨 가게를 할지 고민하던 찰나에 새신부였던 미즈키의 "이탈리안 레스토랑 하자!"는 말 한마디에 역 앞의 빈 점포를 빌려 시작한 것이라고 했다. 사장은 인테리어와 시공을 예전 동료가 상당히 저렴하게 해주었다며 그리 넓지 않은 가게 안을 안내하면서 자랑했다.

"그런데 다들 멍청해서 벽돌로 된 이 벽에 이탈리아가 아니라 프랑스 국기를 그려놓았지 뭐야. 그 사실을 개업하는 날 알게 되어 진땀을 뺐지."

술집도 해보고 싶었다고 했는데, 그래서인지 주방으로 연결되는 계산대에는 다양한 칵테일용 주류가 셰이커와 함께 늘어서 있었다. 가게 전체에 풍기는 뒤죽박죽된 묘한 분위기는 아마 벽에 걸린 하이비스커스 꽃과 다트판하고도 상관이 있지 싶었다.

가게는 오후 3시부터 5시까지 브레이크 타임이라서 첫 출근인 오늘은 4시까지 오라고 알려줬다. 일부러 집까지 나를 데리러 온 안도한테 끌려가다시피 가기는 했지만 일기예보가 빗나가서 비가 오지 않은 시점에서 '이건 내가 다시 밖으로 나갈 찬스야' 하고 스스로에게 다짐하던 참이라 굳이 도망갈 생각도 없었다.

"치마 길이는 반드시 무릎 위로 15센티미터 이상이야, 각킹!"

화장실처럼 좁아터진 탈의실에서 옷을 갈아입고 온 나를 보더니 귀여운 유니폼을 좋아한다던 미즈키가 엄하게 말했다. 허둥지둥 허리 부분을 말아 접어서 치마 길이를 짧게 했더니 어느새 계산대에서 사장이 윗몸을 쭉 내민 채 "이야, 각킹은 정말 롱다리네!" 하며 감탄했다.

"각킹은 우리와 전혀 다른 타입이어서 가게 분위기 메이킹에도 정말 좋을 것 같아. 좋았어! 그럼 나는 귀엽고, 리나는 섹시, 각킹은 청순한 이미지로 가자. 말할 때도 될 수 있으면 그렇게 보이도록 신경을 써줘."

나보다 여섯 살 아래인 미즈키는 홀 책임자답게 시원시원한 말투로 척척 지시했다. 마스카라로 떡칠한 눈은 그렇게 하지 않아도 충분히 큰데다 작은 체구에 재빠른 몸놀림은 어딘지 모르게 다람쥐 계열의 작은 동물 같았다.

"저, 리나 씨는 원래 저녁 시간에 안 오나요?"

"응. 처음부터 그 애는 런치를 맡고 각킹은 디너 담당으로 할 생각이었으니까. 시작할 때부터 저녁 시간에는 일할 수 없다고 했는데 새 아르바이트생이 들어올 때까지만 있어달라고 해서 억지로 나왔던 거야."

"섹시하다고 생각했는데 진짜로 술집 나가고 있거든."

사장이 끼어들었다. 사장은 어제처럼 홀에서 입는 하얀 셔츠에 검은 바지가 아니라 조리사 차림새였다.

"그래도 이제 한계라고 더 이상은 못 나오겠다고 했으니까. 아무튼 때마침 각킹이 들어와줘서 다행이야."

"아 참, 음식점 일을 하는 거니까 매니큐어와 반지는 금지야. 사실 리나처럼 금발머리도 안 되는데 걔는 바보처럼 원래 자기 머리색이라고 박박 우기더라고. 옛날에 옥시돌을 마신 뒤로 머리카락이 금발이 되었다는 소리를 계속하는 거야. 아, 각킹 머리는 그대로 까맣게 내버려둬. 아주 잘 어울리니까."

'고등학생 때 머리를 빡빡 밀어버린 적이 있는데요'라는 말을 하려다가 그만두었다. 아무리 우울증에 걸렸다는 걸 커밍아웃했다고는 해도 그냥 이대로 얌전한 성격으로 오해하게 내버려두는 것이 편할 것 같아서 애매하게 웃기만 했다.

몸이 축 처진다. 침대가 그립다. 지금 눈앞에서 오가는 서핑과 파친코 게임 '슈퍼 바다이야기'에 대한 대화에 전혀 흥미를 느낄 수가 없다.

미즈키는 메모지와 펜을 주더니 "나중에 집에서 복습할 수 있게 이것저것 메모해둬"라고 명령한 다음 아이한테 들려주는 말투로 느닷없이 '커다란 순무' 이야기를 시작했다. 눈을 빤히 쳐다보면서 얼굴을 들이대며 말을 했기 때문에 진지하게 들을 수밖에 없었다.

"있잖아, 각킹. 옛날 어느 마을에 아무도 믿지 않는 할아버지가 있었어. 그런데 마당에 황당하게 커다란 순무가 있는 거야. 정말 미친 듯이 커다란 놈이야. 그걸 혼자서 뽑으려고 하는데 절대 뽑히지 않는 거야."

미즈키가 손짓 발짓을 섞어가며 열심히 이야기하기에 뭔가 의미가 있으려니 싶어 메모했더니 혼자서는 도저히 해결하지 못하는 일도 다 같이 힘을 합치면 어떻게든 해결할 수 있다는 라티나의 가게 교훈으로 결말이 맺어졌다.

"그러니까 무슨 문제가 있으면 무조건 의논하라고. 그럼

다 같이 모여서 논의하면 되니까."

내 손에 든 메모지에는 '순무, 크다, 할아버지, 혼자, 불가능'이라는 단어가 적혀 있었다. '이걸 집에 가지고 가서 외우는 것도 좀 웃기지' 하고 생각하고 있는데 미즈키가 "제대로 적은 거야?" 하며 들여다보려고 해서 나는 허겁지겁 메모지를 주머니 속에 넣으면서 "그럼요" 하고 고개를 끄덕였다. 영업 시작 시간까지 이제 30분도 안 남았다.

하늘은 잔뜩 흐려 있었고, 유리창 밖을 오가는 사람들은 손에 우산을 들고 있었다. 제이팝(J-POP) 채널에 맞춰진 유선 라디오 방송에서는 쟈니스의 신곡이 조용히 흐르고 사장이 콧노래로 따라 부르는 소리가 주방에서 들려왔다.

"아, 그리고 각킹. 우리 가게는 일주일에 한 번씩 문 닫고 패밀리 레스토랑 데니즈에서 회의를 하는데 기본적으로 전 직원이 참석해야 해."

탁자 번호와 주문 넣는 방법, 계산서 쓰는 법, 요리의 약칭을 빠른 말로 설명한 다음 미즈키는 볼펜을 작은 턱에 대고 딸깍딸깍하면서 말했다.

"회의 때는 뭐하는데요?"

나는 탁자 11개의 위치와 메모지에 그려놓은 그림을 맞춰 보면서 물었다.

"음, 라티나를 더 좋은 가게로 만들기 위해 다 같이 의논하는 거야. 역 맞은편에 파스타 전문 체인점 사이제리아가 생겼잖아. 그쪽으로 옮겨간 손님을 어떻게 하면 다시 우리 가게로 오게 할 수 있을까, 어떻게 하면 손님들이 더 좋아하게 할까 등에 대해 얘기하는 거지."

다시 홀을 기웃거리던 사장이 "이왕 할 거 일본 제일의 가게로 만들고 싶잖아!" 하고 개그맨 같은 말투로 끼어들자 미즈키는 "사장님, 내가 가르치고 있는데 끼어들지 말라니까요!" 하며 쫓아보냈다.

"남편인데 사장이라고 부르네요?"

"당근이지." '당연하지'라는 말을 그렇게 말하더니 미즈키는 다시 내 쪽으로 고개를 돌렸다.

"가족끼리 경영한답시고 긴장감도 없는 느슨한 가게로 만들고 싶지는 않으니까. 각킹한테도 손님들 앞에서는 당근 이타가키 씨라고 부를 거고. 뭐, 사실은 저 사람 고집 때문에 그렇지. 자기를 반드시 사장이라고 부르라고 해서."

부인이라기보다 엄마 같은 눈길로 주방 쪽을 바라본 미즈키는 "그래도 일본 최고의 가게로 만들자는 말은 진심이야" 라고 싱크대에서 걸레를 빨면서 말했다.

"네? 그건 어떻게 하면 되는 건데요?"

"당연히 마음먹고 열심히 달려들어야지."

라티나에서는 단골손님을 확보하고 새로운 손님을 끌어들이기 위해 가위바위보 대회나 크리스마스 축제 등 마치 술집에서 하는 것처럼 다양한 이벤트를 한 달에 한 번씩 하고 있다고 했다.

가게는 간신히 적자를 면하고 있는데, 대부분은 놀던 시절의 동료들이 일주일에 몇 번씩 와서 "히로짱, 파이팅!" 하며 어마어마한 양의 요리를 주문하고 술을 마셔주는 덕분이라고 했다. "언제까지 그 친구들한테만 기댈 수는 없다"면서 사장이 나름 진지하게 고민하고 있다고 미즈키는 자랑스럽게 이야기해주었다.

5시쯤 되니까 집이 바로 옆이라는 사장의 부모님이 와서 인사를 했다. 둘 다 종업원이라기보다는 60대의 사람 좋은 어머니, 아버지 같은 인상이었다. 짧은 머리를 자연스러운 갈색으로 염색하고 금테안경을 낀 어머니는 주로 주방에서 일하니까 괜찮다면서 집에서 쓰던 앞치마를 두르고 있었다. 백발에 작업복 바지를 입은 아버지는 길가에 누워 있어도 전혀 어색하지 않을 분위기로 오자마자 소주 칵테일을 만들어서 찔끔찔끔 마시기 시작했다.

"에이 참, 일 끝날 때까지는 안 된다고 했잖아!"

사장이 술잔을 빼앗자 아버지는 먹이를 빼앗긴 늙은 개처럼 풀이 죽어서는 싱크대에 쌓인 접시를 느릿느릿 닦기 시작했다.

"그냥 한 잔인데 어때, 히로야."

"히로라고 부르지 말라고 했지!"

"미안해요, 사장." 눈매가 아들하고 똑같이 생긴 어머니가 눈꼬리를 축 내리면서 사과했다.

"그런 식으로 하면 새로 들어온 각킹이 여기를 어떻게 생각하겠어? 프로답게 자부심을 갖고 일하란 말이야!"

말끝마다 힘을 주면서 서슬 퍼렇게 윽박지르는 아들의 말에 어머니는 어깨를 움츠리며 도망치듯 내 옆에 다가와서는 "얘기 들었어. 우울증이라면서?" 하고 말을 걸었다.

"아, 예에."

사장의 어머니는 사교적인 사람인지 화장도 깔끔하게 했고 나이보다 젊게 보이는 쾌활한 인상이었지만 이렇게 가까이서 보니 여전히 종업원이라기보다는 귤을 하얀 줄기까지 꼼꼼하게 벗겨서 줄 듯한 전형적인 어머니 같은 느낌이었다. 부엌일을 하느라 거칠어진 손으로 살며시 내 손을 잡더니 물었다.

"도쿄에 온 지 몇 년이나 됐어?"

"7년 정도요."

"있잖아, 우울증 같은 병은 다 외로워서 생기는 거야. 아이고, 이 부러질 것 같은 손목 좀 봐. 밥은 제대로 챙겨먹고?"

"도시락 같은 거요."

"편의점에서 파는 것?"

"슈퍼마켓 같은 데서 사기도 하고……."

"어휴, 그런 걸 먹으니까 이렇게 되지. 내가 밥 차려줄 테니까 오늘부터는 여기서 제대로 먹고 다녀" 하면서 구부정하게 서 있던 내 등을 철썩 때렸다.

"각킹, 잘됐네. 어머니 음식 최고로 맛있는데!"

미즈키가 덧니를 보이면서 웃었다.

"앞으로는 우리를 가족이려니 하고 생각해. 알았지? 다 같이 모여서 밥 먹고 하다 보면 우울증 같은 병은 금방 없어질 거야."

"자, 앞으로는 각킹의 병을 우리 힘으로 고쳐보자고!" 사장은 마치 학교 문화제에서 반 친구들끼리 일치단결을 외칠 때 하는 말투로 제안한 다음 주방 구석에서 소주 칵테일을 마시고 있는 아버지를 발견하고는 "죽을래?" 하며 주먹을 쥐어 보였다. 늘 있는 일인지 어머니와 미즈키는 '또 시작했다' 하는 눈길을 주고받았다.

이렇게 건강한 마음을 가진 사람들하고 정말 잘 지낼 수 있을까? 나는 화장실 변기에 앉아 벽의 액자에 걸린 '서툴러도 괜찮아, 인간이니까'라는, 서예가이자 시인인 아이다 미쓰오(相田みつを)의 글귀를 읽으면서 자문자답해보았다. 자라온 환경이 달라도 너무 다르다. 지금까지 내가 가까이했던 사람들은 적어도 어딘가 비뚤어진 구석이 있거나 남들하고 뭔가 잘 맞지 않는 부분이 있었고, 그 점은 정말 재미없는 말밖에 못하는 츠나키도 마찬가지였다.

츠나키는 자기 의견을 주장하지 않는 방법으로 마음속에 만들어놓은 자기만의 세계에 아무도 끼어들지 못하게 한다. 자기와 남 사이에 절대적인 거리를 두면서 해마다 만화와 소설을 몇백 권씩 읽고는 그 가치관에 푹 젖어 튼튼한 츠나키 월드를 구축하고 있다. 말수가 적고 남들에게 부드러운 태도로 대해서 좋은 사람이라고 오해받기 쉽지만 내가 볼 때는 츠나키만큼 남에 대해 무관심한 사람도 없다.

그에게는 모든 일이 어차피 창밖에서 이루어지는 일들이다. 그래서 지금까지 어떤 남자하고 사귀든 오래가지 못했던 나하고 3년이나 같이 지낼 수 있었던 것이다. 미팅에서 츠나키를 만나 낯선 여자의 샌들에 왕창 토해놓고 도망친 날, 뭐랄까 나의 심한 변덕에 진저리가 쳐져 츠나키라는 남자의 무미건조함에 어린아이처럼 매달렸다.

"너의 그 무미건조함을 나한테도 줘봐."

술에 잔뜩 취해서 혀 꼬부라진 발음으로 나는 몇 번이고 그렇게 말했다. 츠나키가 무슨 생각을 하는지 알 수 없기는 그때도 마찬가지였지만 그래도 동거를 시작한 우리가 연애 비슷한 걸 했다고 생각되는 시기도 분명 있었다.

잠들어 있을 때 츠나키의 얼굴을 만지면 몸을 뒤척이며 반응하는 모습이 동물 같아서 귀여웠다. 거의 나 혼자 하는 쇼였지만, 흉내 내기 대화도 자주 했다. 내가 투덜거리면 츠나키는 나름대로 곰곰이 생각한 다음 '미래의 일본 철도 사원'처럼 역내 방송을 흉내 내었는데, 그 모습은 나중에 꿈에 나올 만큼 웃겼다.

우에노(上野)에 있는 모리(森) 미술관으로 피카소 전시회를 보러 가서 "라~라리라~ 같은 느낌이지?" 하고 내가 말했을 때 "아니, 라~라이히~ 같은 느낌인데?" 하고 진지하게 대답해주어서 미치도록 기뻤고, 이 남자가 정말 소중하다고 진심으로 생각했다. 바보 같기는 해도 그때 그런 게 연애가 아니라면 나는 연애가 뭔지 모르겠다.

그래도 여전히 나는 변덕이 심해 아르바이트를 시작했다가도 문제를 일으켜서 잘렸고, 묵묵히 자기 할 일을 해온 츠나키는 그 나이에 벌써 편집장이 되었다. 어디서부터 잘못된 것일까? '왜 우리 둘이 같이 사는지 이제는 나도 잘 모르겠어, 츠나키. 너보다도 이 가게 사람들이 더 자상하고 나를 더 생각해주잖아.'

너무 끈적거리는 것 같아 약간 당혹스럽기는 했지만 라티나 사람들이 나를 향해 보내주는 따뜻한 눈길이야말로 지금처럼 약해져 있는 나에게 꼭 필요한 것이 아닐까 하는 생각이 들어 여기서 제대로 일해봐야겠다고 생각했다.

이제 어제까지의 생활로 다시는 돌아가고 싶지 않았다. 햇살이 환하게 비추는 화창한 공원을 천국처럼 상상하면서 침대 속에서 '좋겠다……'라고 몇십 번씩 중얼거리는 짓은 하기 싫었다.

"오늘은 가게 문을 닫은 다음 여기서 각킹의 환영회를 할 거야"라는 미즈키의 목소리가 홀에서 들려왔다. "전골 해먹자, 전골!" 하고 신나 하는 사장의 목소리도 들렸다.

"뭐하고 있어, 이제 가게 문 열어야 되는데, 각킹!" 하고 나를 부르는 목소리에 허둥지둥 속옷을 올리면서 변기에서 일어났다.

• • •

"그나저나 정말 그렇게 맹할 줄은 몰랐어." 추리닝으로 갈아입은 사장이 자리에 앉으며 조금은 허풍스럽게 말했다. "뭐 그래도 일단 첫날을 무사히 넘기느라 수고했어." 그러고는 생맥주잔을 들어서 건배를 외쳤다. 나도 맥주잔을 들었다. 나의 대각선 맞은편에 자리한 아버지는 모두가 자리에 앉기 전부터 행복하기 그지없는 표정으로 소주 칵테일을 찔끔거렸기 때문에 손님이 없는 가게 안에서 네 개의 술잔이 요란하게 부딪쳤다.

"솔직히 나도 깜짝 놀랐어. 어쩌면 그렇게 긴장해?"

미즈키는 의자에서 일어나 휴대용 가스버너 위 냄비에 고기랑 채소를 적당하게 집어넣으며 그때 얼마나 놀랐는지 재현이라도 하는 것처럼 눈을 크게 뜨며 말했다.

"그나마 처음 상대가 진씨 일행이어서 재미있다고 봐줬지만 모르는 손님이었으면 문제가 심각했을 거야."

"이제 스물다섯이면 좀 더 침착할 줄 알아야지."

사장은 이렇게 핀잔하면서 호쾌하게 웃었다.

"죄송해요……."

나는 작은 목소리로 말한 다음 냄비에서 끓어넘치는 거품을 계속 떠냈다.

주방에서 밥을 가지고 자리로 돌아온 어머니가 손가락에 붙은 밥풀을 이로 떼어내면서 물었다.

"아니, 우울증에 걸리면 말도 제대로 못하게 되는 거야?"

"아뇨, 아마 긴장해서 그랬던 것 같아요."

"아무튼 캐릭터 끝내줘, 각킹!"

미즈키는 배추를 집었던 긴 젓가락으로 내 쪽을 가리키며 살짝 흔들었다가 국물 튀잖아, 하고 사장한테 타박을 들었다. 그 소리에 어머니가 웃어서 나도 따라서 웃고 있는데, "각킹, 거품 걷어서 어디에 버리고 있는 거야?"라고 미즈키가 말했다. 그제야 비로소 거품을 떠내서 그걸 그대로 다시 냄비 속에 버리고 있었다는 사실을 알아차렸다.

"어떡해! 또 얼빠져 있어!"

미즈키가 입을 뾰족 내밀면서 외쳤다.

"그러고 보니까 아까 바깥쪽 계단을 닦으라고 했을 때도 너무 오래 걸리는 것 같아서 땡땡이라도 치고 있나 싶어 보러 갔더니 글쎄 20분 전과 똑같은 자리를 멍하게 닦고 있더라니까! 황당하지 않아? 넋이 나갔어도 너무 나간 거 아냐?"

"지금까지 무사히 살아온 게 더 신기하네!"

잠기운과 싸우느라 옆에서 재미있어 할 만큼 실수를 연발한 나는 단 하루 만에 '혼자 내버려두면 큰일 나는 각킹'이라는 이미지가 생긴 모양이다. 주문을 잘못 말하는 건 기본이고, 무의식중에 스카치테이프로 열 손가락의 첫 번째 관절 부분을 모조리 돌돌 말아서 피가 통하지 않아 보라색으로 변한 손으로 파스타를 서빙했다가 손님이 놀라 "꺄악!" 하고 비명을 지르게도 했다.

그런데 그런 나의 이상한 행동을 가게 식구들은 '얼빠진 짓'으로 받아들였고, 사장의 파친코 친구들은 놀려먹으면 재미있을 아이라며 친근감을 느낀 모양이었다. 나는 이곳에 순조롭게 적응해가고 있었다.

"그러고 보니 이번 달에 하는 이벤트 말인데……."

내가 여행을 거의 안 한다는 화제에서 "조만간 리나가 하와이에 가는데 선물을 뭘로 사달라고 할까"라는 이야기를 한 차례 떠들썩하게 주고받은 다음, 자기는 매실주만 마시면서 남의 접시에 고기와 채소를 부지런히 덜어주고 있던 미즈키가 말을 꺼냈다.

"각킹도 우리 가게에 들어왔는데 이참에 나와 리나랑 셋이서 뭔가 좀 귀여운 느낌으로 하고 싶은데."

미즈키는 처음에 비해 상당히 취한 듯했다.

"중요한 건 '호렌소(시금치)'야. 다시 말해 호코쿠(報告)의 호랑 렌라쿠(連絡)의 렌, 소당(相談)의 소. 알았지? 빨리 메모해" 하면서 일하는 중간중간에 장사를 어떻게 해야 하는지 열정적으로 말할 때는 어린 나이에 참 대단하다고 생각했다. 어쩌면 아직 열아홉밖에 안 된 애가 홀 관리자를 하면 남들이 가볍게 볼까봐 일부러 더 강한 척하는지도 모르겠다. 이렇게 혀가 꼬인 발음으로 말을 하니까 아직 어린 티가 나는 것 같았다.

술기운이 올라 기분이 좋아진 아버지가 "그럼 또 유카타(더운 계절이나 집 안에서 입는 얇은 기모노—옮긴이) 축제를 해보면 어때?" 하고 의견을 내놓았다.

그러자 사장은 "뭔 소리를 하는 건지. 한겨울에 무슨 얼어 죽을 유카타야. 말을 해도 생각하면서 해야지" 하고 일축한 다음 "뭐 생각해둔 거라도 있어?" 하며 완전히 졸아버린 국물 속에 남아 있던 건더기를 국자로 한꺼번에 건져내며 물었다.

'겨울에 유카타 축제도 이상하지만 이탈리안 레스토랑하고 유카타도 아무 상관이 없잖아.'

나는 마음속으로 생각했다. 하지만 그렇게 쪼잔한 일에 신경 쓰지 않아도 되는 거야, 인간이니까.

"음, 아무래도 무난하게 밸런타인데이 분위기를 내는 걸로 해야 할 것 같은데, 일단은 그전에 각킹을 제대로 교육시켜야지."

"그야 그렇지. 일하는 내내 혼자 꼭두각시처럼 뻣뻣하게 서 있으면 곤란하니까."

청주를 마시고 싶다고 말해도 될지, 아니면 그냥 참고 맥주나 마시는 게 무난할지 젓가락을 입에 물고 고민하고 있는데 두 사람이 나를 주목하는 바람에 나도 모르게 물었다.

"네, 왜요?"

"그러니까 각킹의 우울증을 하루빨리 낫게 해야겠다는 얘기를 하고 있었던 거야. 아니, 그나저나 그 우울증이라는 건 뭐야? 어떻게 하면 우울증에 걸리는데? 난 잘 모르겠거든."

미즈키는 가스버너의 불을 끄며 말했다.

"어…… 그게……."

어떻게 대답해야 할지 몰라서 머뭇거리는데 아버지의 부탁으로 몰래 소주 칵테일을 또 만들어온 어머니가 내 어깨를 꼭 끌어안으면서 단호하게 말했다.

"이 아이는 혼자 외로워서 그런 거야. 그러니까 이런 식으로 다 같이 밥 먹고 하는 게 제일 좋아. 공연히 초조하게 만들면 더 나빠진다고."

"진짜야? 저 말이 맞는 거야?"

사장은 이렇게 말하며 내 얼굴을 뚫어져라 쳐다보았다. 그러자 어머니는 또다시 "자기도 자각하지 못하는 거라니까" 하며 딱 잘라 말했다.

'그렇구나. 나는 혼자서 외로웠던 거구나. 이런 식으로 다 같이 밥 먹고 하는 게 제일 좋은 거구나.' 그렇게 생각해보니 츠나키와 같이 사는 생활은 도대체 뭔가 싶었다. 안도 말대로 그냥 의존하는 거라면, 그런 관계였기 때문에 어머니의 말대로 내가 외로워서 우울증에 걸린 거라면 정말 스스로에 대해서 아무것도 모른다는 뜻이었다.

"저, 청주 마셔도 돼요?"

나는 과감하게 물어보았다.

"너, 너무 뻔뻔한 거 아냐?" 사장은 이렇게 큰 소리로 말하면서도 "미즈키, 갖다 줘라" 하고 허락해주었다.

"진짜 오늘만 주는 거야."

미즈키는 이렇게 작게 말하더니 청주 잔이 아닌 샷 글라스를 내밀었다. 나는 차가운 청주를 단숨에 들이켰다. 위 안쪽에서부터 뜨거운 기운이 올라오면서 그때까지 움직이기도 귀찮았던 혀가 왠지 가벼워진 느낌에 오른쪽 옆에 앉아 있는 어머니한테 처음으로 먼저 말을 걸었다.

"저, 제가 정말 괜찮아질까요?"

"그럼! 아직 젊은데. 틀림없이 괜찮아질 거야."

"여기서도 잘 지낼 수 있을까요?"

"눈치 볼 필요 없어. 우린 이제 가족이니까."

나는 기분이 좋아져서 청주를 두 잔째 샷 글라스에 따랐다. 한 탁자에 둘러앉아 먹고 마시는 이곳은 선의로 가득 찬 자리이고, 나는 지금 그 의자 중의 하나에 앉아 한 가족으로 받아들여지고 있다. 여태까지 어디를 가도 혼자 붕 떠 있었는데. 대단해. 나도 하면 되는 거잖아.

사장의 아버지는 어느새 엎드려 잠이 들었는지 어머니가 "감기 걸리겠어요" 하고 말을 걸어도 이상한 잠꼬대로 대답할 뿐이었다.

사장과 미즈키는 하얀 분필로 '오늘은 눈이 온다고 하네요. 추울 때는 와인 한 잔으로 몸을 녹여보는 건 어떨까요?'라는 오늘의 메시지가 적힌 가게의 작은 칠판 앞에서 어떻게 하면 나의 우울증을 낫게 할지에 대해 다시 진지하게 의논을 했다.

"아무래도 어린 시절에 겪은 일에 대한 트라우마 때문이 아닐까?"

"보고서를 제출하라고 할까? 전에 리나한테도 '나는 왜 호스티스를 하고 있나'에 대해 쓰게 한 적이 있잖아. 우리 가게 정식 사원이 되는 걸 거절했을 때 말이야."

"맞아, 그랬지. 옷가게 차리고 싶어서 그런다고 써놓았는데 저렇게 명품 옷들을 사들이면 언제 돈을 모으겠어."

"리나는 바보니까. 하긴 각킹도 바보 같아 보이지만 그래도 리나만큼은 아니겠지. 보고서 쓰게 하자."

"여태껏 살아온 인생이 엄청 비극적이면 너무 힘들잖아."

"그래도 우리 가게에서 일하게 됐으니까 그냥 내버려둘 생각은 없어."

나는 그런 광경을 바라보면서 오랜만에 소리 내어 웃고 있었다. 내 웃음소리를 들은 사장이 "네 얘기를 하고 있는데 뭐가 좋다고 웃고 난리야!" 하며 화내는 척했고, 그런 모습이 재미있어서 나는 또 웃었다.

"헐, 각킹이 맛이 갔다. 대박!"

일부러 얼굴을 잔뜩 찌푸리면서 도망치듯이 어깨를 피하는 미즈키를, "누가 맛이 갔다고 그래요!" 하며 나는 가볍게 손바닥으로 툭 쳤다. 놀랄 정도로 이 분위기에 녹아들어 있는 내 모습이 전혀 나답지 않아서 신기했다.

"잠깐 화장실이요" 하며 일어섰더니 사장이 눈을 가늘게 뜨면서 "너, 정말 화장실 자주 간다"라며 놀리듯이 말했다.

"설사해?" 미즈키가 대놓고 적나라하게 물었다.

"아, 아니에요." 나는 허둥지둥 대답했다. 그야 일하는 중간에도 화장실에 자주 들락거렸지만 그건 미쓰오의 글귀를 읽고 마음을 가라앉히기 위해서였다. 츠나키처럼 방금 먹은 걸 그대로 배출하지는 않는다.

그러나 사장은 "그러고 보니 가게 열기 전에도 화장실에 한참을 틀어박혀 있었지" 하고 확신에 찬 표정으로 말하며 능글능글 웃었다.

"정말 아니라니까요. 저기…… 비데를요, 제대로 쓰지 못해서." 이대로 가다가는 각킹에서 설사녀로 별명이 바뀌는 게 아닐까 겁이 나서 재빨리 변명했다.

"그건 그냥 버튼 하나 누르면 되는 거잖아."

미즈키가 찻숟가락을 입에 문 채 냉장고에서 꺼내온 푸딩의 비닐 뚜껑을 열었다. 대파가 들어 있던 작은 그릇 옆에 놓인 그 비닐 뚜껑은 마치 변신이라도 하듯이 양쪽 가장자리가 말려올라갔다.

"하지만 비데는 이상하게 좀 겁나잖아요. 물이 어디로 나올지 모르고."

"어디로 나오긴 어디로 나와, 가운데로 나오지."

담배를 막 입에 문 사장이 연기를 손으로 가볍게 흩으면서 말했다.

"그야 그렇지만 기계가 망가져 수압이 갑자기 높아지면 비데가 망가지지 않을까 하는 생각 안 해요?"

"그런 생각을 왜 해? 각킹, 이상한 거 아냐?"

미즈키는 사장의 입에 찻숟가락으로 푸딩을 한 입 먹여주었다.

"비데는 고장 안 난다니까."

"하지만 물은 무엇이든 다 자를 수 있잖아요."

방에 틀어박혀 지낼 때 뉴스에서 물이 쇠를 가르는 영상을 본 적이 있다.

"그리고 노즐 각도가 잘못 조절되어 엉덩이 사이로 해서 천장까지 물이 뿜어져나갈 수도 있고……."

나는 흥분해서 목소리가 겉도는 게 느껴졌지만 멈출 수가 없었다. 당연히 모두들 느끼는 공포라고 믿던 나는 필사적이 되어 사장의 어머니에게 눈으로 도움을 청했지만 "아니, 아니" 하고 고개를 젓는 것을 보고 할 말을 잃었다.

지금까지 기분을 한껏 들뜨게 했던 열기가 서서히 머릿속에서 빠져나갔다. 탁자에 엎드려 자고 있는 사장의 아버지를 흔들어 깨우며 "비데는 겁나는 거 맞죠?" 하고 귓가에 대고 소리를 질렀다. 그러자 아버지는 "겁 안 나!"라고 내 팔을 뿌리치면서 일축해버렸다.

'역시 무리였어.'

이미 평소의 그 무감각한 세계가 내 안에서 부풀어오르기 시작했다. 그게 폭발하려고 하면서 탁자에 둘러앉아 있는 눈앞의 광경이 모두 내가 만들어낸 망상이 아닐까 하는 생각이 들어 소름이 돋았다. 설마 현실의 나는 몽롱한 얼굴로 망상에 젖은 채 혼자 초등학교 교문 앞에 서서 오가는 아이들한테 웅얼웅얼 알 수 없는 말을 걸고 있는 게 아닐까? 그건 있을 수 없다. 그래도 폭주족이었던 사장의 가족과 나는 100만 광년 떨어진 곳에서 제각기 살고 있는, 전혀 다른 생물체라는 사실은 분명히 알 수 있었다. 나 혼자만 어울리지도 않는 자리에 와 있고, 결국 아무하고도 무엇하고도 소통을 할 수 없는 거다.

내가 넋을 놓고 있었더니 어머니가 "너무 많이 마신 거 아냐?" 하며 걱정스러운 표정으로 말했다.

"잠깐 찬바람 좀 쐬고 올게요."

나는 일어나 비틀비틀 가게에서 나와 대각선 맞은편 작은 주차장 쪽으로 갔다.

눈이 내리기 시작했다. 정신을 차려보니 캠핑이 잘 어울릴 것 같은 왜건의 사이드미러를 잡고 기어올라가 부츠 뒤축으로 보닛을 우그러뜨리면서 서 있었다.

차체가 삐걱삐걱 소리를 냈다. 딱딱한 무언가가 움푹 꺼지는 것 같았다. 나는 쇼트 부츠를 땅바닥에 벗어던진 다음 얼음같이 찬 쇳덩어리를 발바닥으로 느끼면서 체중을 더해 힘껏 뛰며 보닛이 우그러지는 소리를 들었다. 구멍 뚫린 담장으로 기어들어 오려던 고양이가 몸을 휙 돌리더니 제일 가까운 곳에 있던 차 밑으로 재빨리 숨었다.

앞창 유리에 발을 얹고 와이퍼처럼 발로 눈을 차서 흐트러뜨렸다. 좁은 주차장에는 6대의 차가 촘촘히 세워져 있었는데 나는 정신없이 그 차들의 지붕에서 지붕으로 뛰어다녔다. 경차, 일반차, RV차, 봉고차, 다시 일반차. 그러다 떨어지면 다시 기어올라가서 되풀이했다. 균형을 잃고 엉덩방아를 찧는 바람에 백미러에 키티가 매달려 있는 보라색 BMW 지붕에는 둥그런 엉덩이 자국이 선명하게 남았다. 나는 몇 번씩 그 자리에서 다시 뛰어 그 엉덩이 자국을 더 깊게 만들었다.

"각킹! 뭐하는 거야!"

목소리가 들려 돌아봤더니 내가 걱정되어 찾으러 나온 미즈키가 입을 벌린 채 가게 앞에 서 있었다.

"……."

나는 차에서 뛰어내려 부츠를 주워 가게로 돌아와 탈의실에 놓아두었던 가방이랑 윗도리를 집어들었다.

"왜, 가려고?" 놀란 얼굴로 묻는 사장을 무시하고 화장실로 들어갔다. 도기로 만들어진 변기 뚜껑을 들어올려서 바닥에 내팽개쳐 부숴버린 다음에 벽에 걸려 있는 아이다 미쓰오의 글귀를 변기 안에 처넣었다.

"지금 뭐하는 거야?"

사장이 이렇게 말하며 화장실 문을 두드렸지만 상관하지 않고 비데 버튼을 눌러 한 줄기의 물이 재주를 부리듯 공중으로 치솟는 것을 확인한 다음 화장실에서 나왔다. 그러고는 뒤도 돌아보지 않고 있는 힘을 다해서 뛰어갔다.

평소 운동 부족 탓인지 가게에서 불과 건물 다섯 채 정도 떨어진 중국집까지 왔는데 벌써 숨이 턱에 찼다. 한 박자 늦게 가방에 들어 있던 짐들의 무게가 느껴지면서 가방끈이 어깨를 파고들었다. 뒤에서 "각킹! 각킹!" 하고 부르는 미즈키의 목소리가 메아리처럼 울리는 것을 들으면서 나는 한밤중의 상점가를 끝도 없이 도망쳤다.

• • •

우리 아파트 옥상은 요즘 보기 드물게 자유롭게 출입이 가능한 공간이다. 날씨가 좋은 한낮이나 여름밤에 주민들이 플라스틱 의자에 앉아 책을 읽거나 맥주를 마시기도 하는 등 각자 자유롭게 즐겨달라는 취지로 일종의 서비스 측면에서 옥상을 개방했는데 고속도로의 배기가스가 너무 심해서 거의 아무도 이용하지 않는다.

더구나 이런 한겨울의 눈 오는 심야 시간에 일부러 옥상으로 나오는 사람은 없다. 그러니 느닷없이 전화를 받고 불려나온 츠나키는 도대체 이번에는 무슨 일 때문인지 몹시 궁금했을 것이다.

철문 앞에 우두커니 서 있는 츠나키가 너무 놀란 나머지 아무 말도 못하는 것 같아서 할 수 없이 내가 먼저 "부활했어" 하고 웃으며 말을 걸었다.

츠나키는 침을 천천히 꿀꺽 삼킨 다음 "뭐하는 거야?" 하고 작고 쉰 목소리로 물었다.

나는 앞뒤로 긴 옥상의 제일 안쪽에 있었기 때문에 도심 고속도로를 비추는 주황색 불빛을 뒤에서 받고 있는 츠나키의 표정이 잘 보이지 않아 손을 이마에 대고 보았다.

짐을 실은 트럭이 오른쪽에서 왼쪽으로 씽씽 달려가는 것이 보였다. 방음벽은 이상하게도 반대편 차선 쪽에만 설치되어 운전하는 사람이 이쪽을 알아차리기만 하면 우리 모습은 그쪽에서도 잘 보일 것이다.

"츠나키, 너무 놀라서 안경이 내려와 있는데? 개그맨 같다."

나는 싸늘한 벽에 등을 기댄 채 상반신을 허공에 내던지는 자세로 말했다. 뒤에는 전깃줄이 당장이라도 끊어져내릴 듯한 낡은 철탑과 생산 녹지지구라고 하는 농원이 상당히 멀리까지 펼쳐져 있었다. 그런 광경이 고속도로하고 너무 딴 세상 같아서 마치 긴 아파트를 사이에 두고 정(靜)과 동(動)이 서로 대치하는 듯했다.

츠나키는 좀 진정이 되었는지 손가락으로 안경을 추켜올

리면서 신중한 말투로 물었다.

"왜 발가벗고 있는 거야? 이탈리안 레스토랑에서 아르바이트 시작한다고 하지 않았어?"

"시작했지." 나는 오는 길에 편의점에서 데워온 소주를 마시고 대답했다. "그래서 발가벗은 거야."

그대로 머리를 뒤쪽으로 젖히자 농원 저쪽에 있는 심야의 주택가가 거꾸로 보였다. 나는 등을 더욱 뒤로 젖혔다. 거칠게 달리는 트럭 소리만은 계속 들려와서 이렇게 보니까 양쪽이 얼마나 균형이 안 맞는지 더욱 확실하게 느낄 수 있었다.

"그러다 떨어진다."

츠나키가 당연한 지적을 했다.

오밀조밀한 단독주택과 아파트 지붕이 멀리 늘어서 있는 흰 풍경 안에 얼마 전까지 양배추를 심었던 밭이 지금은 그냥 흙더미여서 거기만 네모난 구멍이 뚫린 것처럼 보였다. 다 마시고 난 술병을 땅바닥으로 떨어뜨린 다음 비로소 몸을 일으켜 츠나키의 눈을 바라보았다.

"일 끝내고 집에 돌아왔는데 이런 여자를 상대해야 하다니 너도 참 힘들겠다."

웃었더니 입가에서 흘러내린 술이 목을 타고 내려가 쇄골 언저리까지 갔다. 그걸 보려고 고개를 숙이자 내 음모가 눈에 들어왔다. 술기운 때문인지 온몸이 벌겋다. 잘 보면 닭살처럼 소름이 돋아 있는데도 별로 춥게 느껴지지는 않았다. 움푹한 쇄골로 눈이 떨어졌다.

"겨드랑이 털을 영구 제모하기를 잘했네. 그림이 되잖아."

"우울증은?"

역시 츠나키는 벌써 이 상황에 적응이 되었는지 옥상 문을 닫고 내 쪽을 향해 걸어왔다.

"끝났어."

"그래. 이번에는 그럭저럭 오래갔네."

츠나키는 뽀득뽀득 눈을 밟는 소리를 내며 대답했다. "아아"라든지 "응"이라든지 "어"가 아니라 오랜만에 제대로 된 대답을 한 것이다.

"그 대신 이번에는 이렇게 됐지만."

"응. 좀 갑작스러워서 많이 놀랐어."

정말 극단적이라니까 하고 츠나키는 자기 코트를 벗어서 나에게 걸쳐주면서 끄덕였다. 코끝이 빨갰다. 표정이 거의 없어서 무슨 생각을 하는지는 여전히 알 수 없었지만 불안의 스위치가 켜져 있는 나를 자극하지 않도록 세심한 주의를 기울이고 있는 건지도 모른다.

"일단 추우니까 집으로 들어가자" 하고 어깨를 감싸려는 츠나키의 손을 뿌리치며 강한 어조로 말했다.

"너한테 얘기해둘 게 있어."

츠나키가 살짝 망설이는 말투로 물었다.

"그 얘기를 꼭 여기서, 발가벗고 해야 하는 거야?"

"미안. 여기서, 발가벗고 해야만 해."

"알았어……."

내가 어떻게 대답할지 예상했는지 츠나키는 부드럽게 수긍하더니 내 어깨를 감싸려던 팔을 내렸다. 지금 억지로 나를 집 안으로 끌고 들어가봐야 손해일 뿐이라는 사실을 잘 알고 있는 것이다. 이 남자는 언제나 사태가 가장 원만하게 진정되는 최단 코스의 길을 선택한다.

"츠나키, 너 나랑 살면서 어떻게든 피곤하지 않으려고 그러지?"

"……별로 그러는 것 같지는 않은데."

츠나키는 애매하게 고개를 갸웃거렸다.

"그러는 것 같지 않는 게 아니야. 그러고 있어."

"……요즘 일이 힘들어서."

츠나키는 안경을 벗고 미간을 손가락으로 누르면서 대답했다. 여자를 상대하는 건 좀 힘드네요, 라고 처음에 만났던 미팅 자리에서 말했을 때의 모습이 떠올랐다.

"미안해." 나는 숨을 들이쉬면서 조용히 말했다. 안도처럼 눈을 부라리며 언성을 높이거나 하지 말아야지.

"지금부터 좀 싫은 소리를 할 건데 괜찮아?"

"응."

"난 누가 나를 너무 편하게 대하면 짜증이 나거든. 이렇게까지 너한테 감정을 내보이는데, 네가 너무 편하게 대하면 밑천도 못 찾는 것 같단 말이야. 네가 선택하는 말들은 결국 너의 생각이 아니라 나를 이해시키기 위한 말들이지?"

나는 일단 말을 끊고서 가늘게 숨을 내뱉었다. 그런데 츠나키가 잠시 침묵한 다음에 "미안해"라고 대답하는 바람에 따발총처럼 쏘아붙이고 말았다.

"그러니까 도대체 뭐가 미안한 거냐고? 넌 말이야, 완전히 오해하는 부분이 있는데, 나를 화나지 않게 하는 제일 좋은 방법은 뭐든 내가 하는 말에 대충 고개를 끄덕여서 넘기는 게 아니란 말이야. 내가 머리 써서 말을 하면 너도 똑같이 머리를 써서 미안하다는 말을 제대로 하고, 내가 온 마음을 다해서 상대하면 똑같이 진심으로 대해달란 말이야."

츠나키는 그래도 "응" 하고 고개만 끄덕일 뿐 나처럼 거의 한 달 가깝게 우울증으로 방구석에 틀어박혀 있던 반작용으로 나불나불 떠들어대는 짓은 하지 않았다.

"나하고 똑같을 정도로 나 때문에 피곤해달라고 하면 그건 의존하는 거야?"

마음을 가라앉히려고 봉지에서 두 병째 소주를 꺼냈는데 그새 완전히 차가워져 있어서 "미안, 담배 좀……" 하고 츠나키에게 손을 내밀었다.

벌거벗은 몸에 코트 하나만 걸친 차림으로 담배 연기를 내뿜으며 고속도로를 바라보면서 '어떻게 하면 설교가 아니라 대화가 될까, 어째서 이렇게 노력하는데도 내 말은 아무에게도 제대로 전달되지 않는 걸까'를 생각하고 있으려니 웃음이 나왔다. 무엇 때문에 웃고 있는지 알 수 없다는 표정으로 츠나키가 내 쪽을 보았다.

"아르바이트하는 곳 사람들이 모두 착하고 좋아서 순간적으로 '아, 나도 어쩌면 잘할 수 있을지도 모르겠다'고 생각했거든."

츠나키의 입에서도 숨을 쉴 때마다 흰 입김이 나왔다. 같이 담배를 피우고 있나 싶었지만 추위에 떠는 츠나키의 양손은 주머니 속에 있었다. 내가 준 장갑은 여전히 끼지 않았다. 이렇게 잊어버리는 걸 보면 필요하지 않은 물건이라서 그런가.

"마음이 약해져 있으면 여러 가지가 안 보이게 되나봐. 정말 웃겼어. 내가 아이다 미쓰오의 글귀에 감동해버렸다니까. 넌 미쓰오의 말에 눈물이 난 적 있어? 눈물이 나더라고, 여느 사람들처럼. 미쓰오의 말이 가슴에 와닿는 거야. 그런데도 역시 뭔가 좀 다르더라. 다들 좋은 사람이고, 나에 대해서 진심으로 걱정해주기도 하고 가족처럼 생각하라고 했을 때는 정말 기뻤는데 말이야."

트럭이 유행가를 최대 음량으로 틀어놓고 형형색색의 빛을 번쩍번쩍 내뿜으며 지나갔다. 도로의 눈은 말끔하게 치워져 그쪽만 보면 눈이 오고 있다는 사실 자체를 잊어버릴 것 같았다.

"잘할 수 있을 거라고 생각했는데. 이상하게 정말 갑자기 아닌 거야. 뭔지 모르겠어, 그게. 비데가 좀 겁난다고 하는 걸 이해할 수 없다는 말에 갑자기 어쩔 줄 모르게 된 거야. 생각해봐. 그까짓 비데 가지고 그렇게 됐다니까. 난 말이야, 그 자리를 무슨 일이 있어도 소중하게 지켜야겠다고 생각했는데 별것 아닌 일로 엉망진창 망가뜨려 버렸어. 잘할 수 있었는데. 정말 대책 없어."

나는 거기까지 쉬지 않고 떠벌린 다음 히죽 웃었다. 그러나 츠나키는 웃지 않았다. 눈을 가늘게 뜨고 힘들어하는 표정으로 쳐다보기만 할 뿐 한마디도 하지 않았다.

"나 어떡하지? 맛이 갔어, 난. 돌아버린 거야."

나도 모르게 목소리에 울음이 섞여 나왔다. 나는 우는 모습을 보이고 싶지 않아 츠나키에게 매달렸다. 양쪽 팔을 나에게 붙잡힌 츠나키는 내 등을 살살 쓰다듬으면서 응, 응 하고 고개를 살짝 끄덕였다.

"머리가 돌아버린 게 나을 수도 있을까? 사실 난 항상 너한테 미친 듯이 화를 내잖아. 화를 내는 것도 되게 힘들거든. 왜 화를 내는지도 모르겠고, 미친 나한테 휘둘려서 너무 피곤하고, 그래도 잘 살아보려고 아르바이트를 가도 금방 우울증에 빠지고 우울증이 나으면 이번에는 조증으로 바뀌고, 조증이 좀 가라앉으면 또 금방 우울증이 오겠구나 생각하니까 확 돌아버릴 것 같아. 어째서 난 숨만 쉬고 사는 것도 이렇게 힘들지? 비만 내려도 콱 죽어버리고 싶다는 건 문제가 있는 것 아냐?”

츠나키의 얼굴을 차마 쳐다볼 수가 없었다. 그의 어깨에 이마를 댄 채 계속 떠들었다. 스웨터 털이 볼에 닿아 따끔거렸다.

“네가 나랑 헤어지고 싶으면 그래도 되는데, 정작 나는 나랑 평생 헤어지지 못한단 말이지. 우리 엄마는 아마 지금도 비가 오면 잠만 잘 테고, 나도 이렇게 태어나버렸기 때문에 죽을 때까지 계속 이런 식일 테고, 그건 포기할 수밖에 없는 거야, 그렇지? 구제불능이잖아? 츠나키, 넌 좋겠다. 나랑 헤어질 수 있어서 정말 좋겠다.”

난 이런 나 때문에 누구보다 힘들다는 사실을 츠나키도

알아주었으면 해서 일부러 발가벗고 옥상에서 기다렸던 것이다. 정말 마지막 순간까지도 츠나키한테 같이 힘들어줬으면 하고 바라는 나 자신이 너무 싫었지만 그렇게 하지 않고는 견딜 수가 없었다.

콧물까지 흘리면서 우는 나의 손을 잡고 츠나키는 조용히 말했다.

"알았어. 나도 힘들어할게."

"내가 휘둘러버릴 거니까. 제발 대충 편하게 있지 마. 마지막이야."

밭이 보였다. 츠나키의 어깨 너머로 아파트 맞은편 뻥 뚫린 커다란 구멍 말이다. 그곳으로 눈송이가 빨려들어가듯이 사라졌다.

코트 앞자락으로 드러난 맨살을 츠나키의 몸에 세게 밀착시키면서 도대체 나는 무엇하고 이토록 강하게 연결되고 싶은 걸까 생각해봤지만 여전히 분명한 답은 나오지 않았다.

나는 더욱 힘껏 츠나키의 목을 끌어안았다. 거칠거칠한 청바지 천이 허벅지를 쓸었다. 벨트의 버클이 골반에 아플 정도로 파고들어서 서늘한 느낌을 주었다.

"그런데 있잖아, 이런 내가 뭐가 좋은지 말해줄래?"

콧물을 훌쩍이면서 귓가에 입술을 가까이 갖다 대자 츠나키의 안경다리가 내 관자놀이에 닿았다.

"어떻게 나랑 3년이나 같이 있을 수 있었던 거야?"

"글쎄, 왜 그랬지?"

츠나키는 몸을 앞으로 구부리면서 평소처럼 담담한 말투로 얘기하기 시작했다. 호흡에 맞춰 가슴이 움직여서 츠나키의 목소리가 내 몸에 직접 울리는 것 같았다.

"처음 만난 미팅 자리에서 네가 파르코 백화점 카드를 만들지 못한다고 했던 말이 아직도 기억 나."

"그런 말을 했던가?"

"그런 건 신청서에 적당히 이름만 써주면 아무나 만들 수 있는데, 파르코 직원이 가입하라고 권해서 할 수 없이 신청했는데 '심사 결과 고객님의 카드 발급은 승인되지 않습니다'라는 통지가 왔다면서 엄청 화를 냈잖아."

"아아, 그런 일이 있었지."

운전면허도 없고 연금보험, 의료보험도 미납한 상태라 보험증도 없다. 그리고 외국에 나간 적도 없으니 여권도 없고 신분을 증명할 방법이 없어 나는 아직까지도 대여점에서 DVD조차 빌리지 못한다.

"그럴 때는 자기 속에 있는 무언가가 남들 눈에 보이는 것 같다는 이야기를 했을 때 깜짝 놀랐어. 나도 예전에 비슷한 생각을 한 적이 있거든. 하지만 나는 다른 사람이나 일들로부터 멀리 떨어져 있으려고만 했어. 그런데 야스코는 달랐어. 잔뜩 토하고 머리에서 피를 흘린 채 의미도 없이 뛰는 걸 보고 대단하다고 생각했지. 강둑에서 파르코 죽어라, 파르코 죽어라 하고 외치며 달리는 네 뒤를 따라서 뛰는데, 바람에 휘날리는 파란색 치맛자락이 정말 예뻤어. 진짜로. 그렇게 의미를 알 수 없는 아름다운 걸 다시 보고 싶다고 생각했어."

"그게 나랑 같이 지내는 이유야?"

"그게 다는 아니지만……."

츠나키가 작게 고개를 끄덕이는 것이 느껴졌다.

"있잖아, 이건 내 직감인데……." 츠나키의 스웨터에 얼굴을 파묻으면서 반쯤 혼잣말처럼 중얼거렸다.

"호쿠사이가 5000분의 1초의 후지 산을 그릴 수 있었던 건 역시 그 순간에 서로의 가슴속에서 뭔가 통하는 게 있었기 때문일 것 같거든. 사실 호쿠사이만큼 후지 산에 대해서 알려고 한 사람은 없었을 거야. 분명 후지 산도 자신의 모든 것을 알아주기를 바라는 마음에서 철썩하는 그 순간을 일부러 보여준 것이 아닐까."

천천히 츠나키에게서 몸을 뗀 나는 코트를 벗어던지고 몸을 돌려 옥상 위를 직선으로 질주했다. 수도고속도로 쪽의 벽까지 힘차게 달려가서 주황색 불빛을 등에 쬐듯이 받으면서 돌아섰다. 그러고는 아무것도 없는 암흑을 배경으로 서 있는 츠나키를 향해 트럭들이 내는 소음에 묻히지 않을 정도의 큰 소리로 외쳤다.

"평생 동안 아무도 알아주지 않아도 상관없으니까 난 네가 이 광경의 5000분의 1초를 기억해줬으면 좋겠어."

눈물과 콧물이 한꺼번에 흘러서 얼굴이 엉망진창이었다. 츠나키는 내가 하는 말을 알아듣지 못했는지 이쪽을 빤히 쳐다보고만 있었다.

"내가 너와 통하고 있다고 느끼는 순간이 5000분의 1초면 된다고."

녹색 물질을 토해내고, 앞으로 아무하고도 통하지 않고, 오십이 되어도 여전히 정상적인 생활을 하지 못하더라도 눈 내리는 아파트 옥상에서 수도고속도로를 배경으로 발가벗은 채 서 있는 이런 내 모습이 츠나키에게 후지 산 같은 광경이 될 수 있다면 그걸로 만족하겠어.

"이런 건 어때?"

내가 두 팔과 두 다리를 벌린 채 묻자 츠나키는 "괜찮은 것 같은데"라며 어딘지 열띤 목소리로 대답했다.

트럭이 지나가는 진동을 느끼면서, 사실은 츠나키가 나에 대해 머리끝부터 발끝까지 전부 다 이해해준다면 최고로 행복할 텐데 하고 생각했다. 하지만 곧 고개를 저었다. 나도 내 자신에 대해서 하나도 모르니까 그건 불가능한 얘기다. 우리가 평생 계속 통하면서 지내는 일은 없을 것이다. 기껏해야 5000분의 1초 정도라면 모를까.

츠나키는 내 팔을 잡고 옥상 철문 쪽으로 걸어갔다. 그리고 계단을 내려가 집으로 갔다.

집 앞에는 화가 머리끝까지 치민 안도가 서 있었다. 그녀는 나를 보자마자 "너 뭐하는 짓이야?" 하고 소리를 질렀다.

아마 내가 갑자기 화장실에서 난동을 부리더니 사라져버렸다는 사장의 연락을 받고 부리나케 온 것 같았다. 평소의 그녀답지 않게 화장은 하는 둥 마는 둥 했고, 머리도 산발한 채였다.

"이 인간은 왜 또 발가벗고 있는 거야, 케이?"

츠나키는 안도를 무시한 채 내 손을 잡아끌고 열쇠로 문을 열고 집 안으로 들어갔다. 거실에 들어서자 주머니에 넣어두었던 휴대전화가 울렸고, 츠나키는 곧바로 소리를 꺼버렸다. 그러자 초인종이 연달아 울리기 시작했다.

꽁꽁 얼어붙어서 핏기가 없어진 내 몸을 녹여주려던 츠나키가 난방이랑 고타츠를 동시에 켜자마자 또다시 농담처럼 전기가 나갔다. 나는 아침부터 계속 켜두었던 서재 방의 이것저것을 떠올렸다.

"암페어를 올리라니까. 도쿄전력에 전화만 하면 된다잖아."

나는 딱딱한 고타츠 깔개이불을 가슴까지 끌어올리며 말했다.

츠나키는 어둠 속에서 말없이 휴대전화를 열었다. 천장까지도 닿지 않는 희끄무레한 빛이 손을 희미하게 비췄다. 난 그 순간 3년째 같이 살고 있는 츠나키의 얼굴을 뇌리에 새기려고 했지만 그 창백한 빛이 너무 약했다.

초인종이 울리는 간격이 점점 더 짧아졌다. 문도 심하게 두드려댔다. 우리는 숨을 죽인 채 서로에게 더욱 밀착했다. 그 순간 우리가 옛날처럼 다시 시작할 수 있을 것 같은 생각이 들었다. 이런 와중에도 미련을 버리지 못하는 내 모습이 우습고도 슬펐다.

"전기……."

이제 생각난 것처럼 츠나키가 벌떡 일어나며 중얼거렸다.

나는 그의 등을 올려다보면서 말했다.

"너 설마 일부러 정전되게 만든 건 아니겠지?"

츠나키는 잠시 생각하더니 조용히 잘라 말했다.

"그렇게 귀찮은 짓은 안 해."

당연하다. 잘리기 위해 아르바이트를 하는 것도 아니고 잠들기 위해 일어나는 것도 아니며 헤어지기 위해 연애를 하는 것도 아니다. 나중에 우울증에 걸리기 위해 괜찮아지는 것 역시 아니다.

츠나키는 고개를 돌리더니 내 머리를 쓰다듬으면서 "그래도 너에 대해 제대로 알고 싶었어"라고 말했다. 나는 그가 들고 있던 휴대전화를 가만히 닫아주었다.

달이 아름답다는 건 막연한 이미지일
뿐이다. 하찮은 믿음이다.
보는 이의 마음 상태에 따라 얼마든지
달리 보일 수 있다.

그 새벽의

새벽 4시의 지방도로 14호선은 대낮보다 더 한산했다. 이 시간대는 신호에 걸리는 일이 적기 때문에 차들도 상당히 빠르게 달린다. 자동차의 배기가스로 오염된 공기를 들이마시면서 어느 쪽 방향으로 갈까 망설이다가 아파트를 나와 왼쪽인 초후(調布) 방면으로 걸어가기로 했다.

남자 집에 굴러들어와 살게 된 지 아직 1년도 되지 않아서 자세한 지리는 모르지만 이 도로를 따라가면 헤맬 일은 없지 싶었다. 쓰레기 버리러 갈 때나 신었던 비치 샌들 때문에 엄지와 둘째 발가락 사이가 쓸려 아팠지만 다시 돌아가지 않을 거라는 작정은 단단히 한 상태였다.

도로는 높이와 색깔이 다른 자동차들이 뿜어내는 무수한 불빛으로 새벽이라고 믿기지 않을 만큼 밝았다. 쉴 새 없이 지나가는 차들을 바라보다가 심심해져 14호선 도로를 따라 늘어서 있는 건물들의 공통점이라도 찾아봐야겠다는 생각이 들었다. 빌딩 관리사무소, 도미노피자, 목재 가게, 석재 가게, 메르세데스벤츠 판매점. 직종도 외관도 모두 제각각이었다. 굳이 공통점을 찾자면 맨션이나 아파트는 있어도 단독주택은 없다는 것 정도? 아무래도 눈앞이 이렇게 시끄럽고 정신없으니 편안하게 살 수 있는 내 집을 세울 생각은 들지 않겠지.

인도 바로 옆에 설치된 철조망에 걸린 들어본 적도 없는 금융회사 간판을 탕탕 치면서 걷다가 하얗게 빛을 내는 자판기들 가운데 '밀크를 끼얹은 딸기'라는 주스를 발견하고 깜짝 놀라 그 자리에 멈췄다. 이건 딸기우유랑 뭐가 다르다는 거야?

마셔볼까 말까 잠시 망설이다 다시 걷기 시작했다. 목은

마르지만 됐어. 어차피 내 기분 따위 금방 바뀔 테니까.

언제부터인지 나는 스스로에 대해 막연한 기대도 되도록 이면 하지 않으려고 했다. 왜냐하면 우연히 여행을 갔다가 말이 새끼를 낳는 광경을 보고 감동해서 살아갈 희망에 부풀다가도 한 사흘 지나면 이유도 없이 절망하는 식으로 대책이 없는 자신에 대해 지금껏 질리도록 경험해왔기 때문이다.

지금도 방금 전까지 마신 맥주 때문에 가볍게 취해 빛을 연하게 내뿜는 달이 예쁘게 보이는 것이지, 저 정도 풍경은 보는 이의 마음 상태에 따라 얼마든지 달라질 수 있다. 달이 아름답다는 건 막연한 이미지일 뿐이다. 하찮은 믿음이다. 반대편 차선에서 구급차가 사이렌을 울리면서 지나갔다.

라멘 가게에서 새어나오는 닭고기 육수의 증기 속을 가로질러 세 번째 육교를 지나자 좀 허름한 슈퍼마켓이 나왔고, 셔터에 아르바이트를 모집한다는 종이가 붙어 있었다. 슈퍼마켓이라, 나는 잠시 멈춰 서서 중얼거렸다. 그런 일은 지금까지 안 해봤지만 여기 같으면 집도 가깝고 시급도 높아 의외로 할 만하겠네. 그런 생각을 하면서 다시 발걸음을 움직였다. 안 되겠다. 역시 아직 일할 수 있을 것 같지가 않다. 나이가 스물셋이나 되었으면서 벌써 부모한테 빚이 있다는 사실이 창피하다고 여겨지면 일할 마음이 좀 생길까? 하지만 난 서른이 되어도 세뱃돈을 받고 싶다. 친척 애들이 아니라 나한테 세뱃돈을 줬으면 좋겠다.

그래, 기분이 다운되니까 한동안은 아무 생각도 하지 말자. 짜증 나는 일은 다 잊어버리자. 얼마 전에 또 상태가 안 좋아진 엄마한테서 '네가 가진 유전자는 자식한테 물려주지 말고 너의 대에서 끝내버리는 게 나을지도 모르겠다'는 의미심장한 문자가 왔던 일도, 아버지가 전화로 "나한테 무슨 일이 생기면 네가 집으로 돌아와서 엄마를 돌봐야 한다"고 진지하게 말했던 일도.

다섯 번째 신호등을 지나 엉터리 같은 그림으로 고양이를 맡을 사람을 찾고 있다는 동물병원 앞을 지나칠 즈음 주머니 안에서 휴대전화가 울렸다.

"……여보세요?"

"여보세요?"

"왜?"

"어디야?"

뒤에서 달려온 오토바이의 엔진 소리가 시끄러워서 순간 휴대전화 통화 음량을 크게 올렸다. 듣고 싶지 않은 남자의 목소리가 조금 더 크고 명료하게 들렸다.

"미안. 지금은 너랑 말하고 싶지 않아."

"……패밀리 레스토랑에 있는 거 아니었어?"

"말하고 싶지 않다니까."

전화를 걸어온 남자가 입을 다물었다.

"있잖아" 하는데 또 바로 옆을 다른 오토바이가 지나가서 휴대전화를 대고 있지 않은 반대쪽 귀를 가운뎃손가락으로 막았다.

"왜 비디오를 빨리 돌리기 했어?"

"……안 보는 줄 알고."

"보고 있었어."

"응."

"내가 마쓰오카 슈조(松岡修造, 일본의 전 남자 프로 테니스 선수. 현역 은퇴 후에 스포츠 아나운서 및 연예인으로 활동 중—옮긴이)에 대해 관심 있어 한다는 거 너도 알잖아?"

"알고 있었는데 잊어버렸어."

"왜, 싫어서?"

"……별로 그 사람에 대해서 생각해본 적이 없는데."

"생각해봐."

"그럼, 싫지는 않아."

"그럼이 뭐야, 그럼이? 엎드려 절 받는 거야? 마쓰오카 슈조에 대해서 네가 뭘 아는데?"

"……미안. 아무것도 모르겠다."

"됐어. 끊어."

"……응."

휴대전화로 통화하는 사이에도 계속 걷던 나는 어느새 나카노하시(中の橋) 교차로까지 와 있었다. 위로 지나는 것이 수도고속도로의 상 다카이도(上高井戸) 육교다. 표지판에 그렇게 적혀 있었다. 전광판에 주황색 글자가 표시되어 있어서 신호를 기다리는 동안 멍하니 그걸 읽어보았다. '11월 16일 1~6시 (상) 신주쿠 출구 공사 통행 정지.' '(상)'이라는 게 뭘 뜻하는지 운전을 하지 않아서 잘 모르겠다.

차량용 신호가 노란색에서 빨간색이 되었다. 그런데 이번에는 환상 8호선 순환도로 쪽에서 차들이 끊임없이 미끄러져 들어와서 보행자는 여전히 기다려야 했다. 초록불이 꺼지기 전에 어떻게든 지나가야 한다는 생각을 해서 그런지 차들이 지나치는 걸 보면 여태까지 사고가 나지 않은 것이 신기할 정도로 정신없었다. 드디어 신호가 바뀌어 횡단보도를 건너간 나는 그냥 똑바로 가기로 했다. 옆에서 계속 제자리 뛰기를 하던 조깅하는 아저씨가 마라톤에서 시작할 때만 신나게 뛰어가는 아이들처럼 휭하니 앞질러갔다.

'택시를 타고 갈 수 있는 데까지 가버릴까?' 파카 앞주머니에 손을 찔러 넣었더니 과자봉지의 깔쭉깔쭉한 느낌이 손가락을 찔렀다. 그제야 내가 갖고 있는 것은 휴대전화와 과자봉지뿐이라는 사실을 깨달았다.

충동적으로 아파트에서 뛰쳐나왔다고 해도 지갑 정도는 들고 나왔어야 했고, 이런 계절에 윗옷을 안 입고 나온 것도 바보 같은 짓이었다. 올 겨울 관동지방에는 보기 드물게 눈이 많이 올지도 모른다고 했는데, 만약 그게 사실이라면 나는 집에 더 콕 틀어박혀서 나가지 않을 게 뻔하다.

나는 남들보다 추위를 많이 탄다. 그래도 아직은 이 정도에서 얌전히 돌아갈 수 없지. 나는 손바닥에 조금 남아 있는 과자 부스러기의 끈적거리는 느낌을 옷에 문질러 없애면서 집에서 뛰쳐나오기까지 있었던 일들을 돌이켜보았다.

내가 신경 써서 녹화해둔 비디오를 그 녀석이 빨리 돌리기 하는 바람에 벌컥 심술이 나서 "쫌! 아까부터 바보처럼 오도독오도독 으적으적 과자 씹어대는 소리 때문에 시끄럽거든!" 하고 시비를 걸었던 건 좀 우스웠는지도 모른다. 그런 내 말에 그 녀석은 "미안" 하며 사과했고, 때마침 입안에 넣어버린 과자도 소리 내어 씹지 않고 어떻게든 침으로 녹여보려고 노력했다.

그렇게 과자를 소리 내지 않고 먹으려고 두 손으로 입을 가리는 모습이 딱해 보여서 나도 모르게 "뭘 혼자 불쌍한 척하고 난리야!" 하며 과자를 그 녀석의 안경을 향해 몇 번이나 계속해서 냅다 뿌려버리고 말았다. 머리에 과자를 뒤집어쓰면서도 참을성 있게 한동안 텔레비전을 계속 보던 그 녀석은 도저히 못 참겠는지 소파에서 일어서서 "……그만해! 세츠분(節分, 입춘 전날 콩을 뿌려서 잡귀를 쫓는 행사를 한다.—옮긴이)도 아닌데" 하며 내 손목을 잡았다.

나는 그 손을 뿌리치고 손에 쥐고 있던 나머지 과자를 있는 힘껏 그 녀석을 향해 던지고는 그대로 아파트를 뛰쳐나왔다. 도대체 무엇 때문에 그렇게 열이 받았는지 스스로도 잘 모르겠다. 그 녀석이 쫓아오면 못 이기는 척 집으로 다시 돌아갈까 하는 생각도 순간적으로 했다. 하지만 조금 전 내가 느꼈던 분노가 '역시 그 정도였구나'라는 식으로 여겨지면 억울할 것 같아서 눈앞에 보이는 14호선을 따라 무작정 걸어봐야겠다고 막연히 생각했다.

처음부터 아예 흰색으로 칠해도 되었을 정도로 칠이 벗겨진 하늘색 육교 위로 올라갔더니 머리 위를 달리는 수도고속도로가 손을 뻗으면 닿을 것 같은 높이에 있었다. 차가 지나칠 때마다 타이어 소리가 울려서 당장이라도 고속도로가 무너져 트럭이 떨어지지 않을까 걱정이 되었다.

어디선가 희미하게 시너 냄새가 풍겨왔는데 아마 여기저기에 있는 외설적인 낙서가 스프레이 페인트로 적혀 있기 때문일 것이다. 발밑의 14호선 도로를 씽씽 줄지어 달려서 지나치는 트럭들의 행렬을 잠시 육교에서 내려다본 다음, 주머니에 있는 과자를 한 움큼 집어서 도로 위에 뿌렸다. 끈적이는 흰색과 갈색의 과자 부스러기가 손바닥에서 튀어나가

여러 모양의 자동차 보닛 위로 떨어졌다.

느닷없이 이런 게 자동차 앞창에 떨어지면 깜짝 놀라서 사고가 나는 게 아닐까 생각도 했지만 14호선 도로의 교통 흐름이 과자 한 움큼 정도로 차질이 빚어질 리는 만무했다. 내가 던진 과자는 무참하게 자동차의 타이어에 짓이겨져 아무리 눈을 씻고 봐도 부스러기는커녕 흔적조차 찾을 수가 없었다.

'뭐야, 이거 은근히 허무하잖아. 그나저나 난 이 14호선 도로라는 이름부터가 마음에 안 들어. 오히려 환상 8호선, 특히 환상이라는 말의 울림이 더 좋은데.' 이런 생각을 하다가 문득 환상이라는 이름이 붙었지만 사실은 둥그렇게 하나로 연결되어 있지 않다는 사실이 떠올랐다. 진짜로 둥그렇게 연결된 길은 도심 환상선이라는 정식 명칭이 있는 수도고속도로다.

동그라미, 환상선, 그래, 공중에 뻗어 있는 도로를 계속 따라가면 지요다 구, 주오 구, 미나토 구를 거쳐 도심을 중심으로 둥그렇게 돌게 되어 있는 노선이 수도고속도로 도심 환상선이다. 전에 그 녀석이랑 같이 다카이도에 있는 단골 중국

집에 볶음밥을 먹으러 갔다가 돌아오는 길에 여기서부터 집까지 걸어가면서 그런 설명을 들었던 기억이 난다.

그때 둘 다 볶음밥을 먹을 필요는 없지 않겠느냐며 채소라면을 시키더니 "왜 중국집에서 하는 라면은 맛이 별로인지 모르겠어"라고 후회하던 그 녀석은 밤낮 없이 교통량이 많은 도로를 올려다보면서 "어딘지 모르게 세포 같은 느낌이야"라고 말했다. 그러니까 도로가 모세혈관이라면 택시가 적혈구, 트럭이 백혈구, 안쪽 선이 동맥, 바깥쪽 선이 정맥이라는…… 뭐 그런 의미였었던 것 같다. 아니면 말고.

아무튼 그 말을 듣고 "다 늙은 아저씨가 이상한 소리 하고 있네" 하며 아직도 동화 속에 살고 있는 듯한 그 남자의 발언을 비난했다. 아마 지금 내가 사로잡혀 있는 것처럼 '달려도 달려도 똑같은 곳으로 되돌아온다, 즉 무의미하다' 같은 이미지보다는 그래도 그쪽이 훨씬 더 나은 것 같다.

뭔가 좀 더 쓸데없는 생각을 하고 싶어져서 그 녀석이 마쓰오카 슈조의 비디오를 빨리 돌린 일을 필사적으로 머릿속에 떠올려보았다. 비디오에서 약체인 여자 배구팀에 코치로 불려온 테니스 선수 마쓰오카 슈조는 여고생들을 2인 1

조로 짝을 지어 서로 마주 보게 하고 배구공으로 토스 연습을 시키고는 "자, 정신 똑바로 차려!"라고 외치며 그 사이를 왔다 갔다 바쁘게 뛰어다녔다. 그런데 본인은 나름 훈련을 시킨다고 했지만 그가 왔다 갔다 하건 말건 여고생들이 토스하는 건 크게 달라지지 않아서 그건 정말 의미 없는 짓이었다.

그런데 결국 그 녀석의 행동에 대한 생각도 '열심히 노력하는 건 알겠는데 의미 없다'는 허무한 결론으로 되돌아가 버렸다.

그때 갑자기 누군가와 바보 같은 잡담이 하고 싶어진 나는 휴대전화 연락처에서 우연히 눈에 띈 남자 이름을 골라서 발신 버튼을 눌렀다. 한참 전에 사귀다가 곧 헤어졌고 그 뒤로는 한 번도 연락해본 적이 없는 남자였다. 이름을 볼 때까지 기억도 전혀 없었고, 이 번호도 이제 안 쓰고 있지 않나 싶었는데 발신음이 들리더니 귀찮아하는 듯한 남자의 목소리가 하품 소리와 함께 들려왔다.

"……여보세요?"

"여보세요. 정말 오랜만이네. 누군지 알겠어?"

"……와, 진짜 오랜만이다! 어, 뭐야? 이 시간에 왜? 무슨 일 있어?"

"아니, 아무 일 없어. 그냥. 요즘 어떻게 지내나 싶어서. 미안. 자고 있었지?"

"자고 있었다기보다…… 아니, 맞다. 자고 있었어. 아침이니까."

"그렇지? 그럼 나중에 연락할게. 깨워서 미안."

"아니, 괜찮아. 넌 원래 말만 그렇게 하고 절대 연락 안 하잖아."

"그럴 수도 있지."

"근데 왜? 아니 그보다 넌 요즘 뭐하고 지내는데?"

"뭐라고 해야 하나? 식충이?"

"진짜? 오호! 그럼 나랑 헤어진 다음에 돈 많은 놈을 잡았나 보네?"

"넌 자다 깬 사람이 주절주절 뭔 말이 그리 많아? 어떻게 하면 그렇게 힘이 남아도는데?"

"몰라. 지금 리처드 기어가 옆에 이사 왔는데 귀에서 이상한 털이 삐져나오니까 뽑아달라고 해서 잡아 뺐더니 리처드 기어가 점점 작아지는 꿈을 꾸고 있었는데, 그것 때문인가?"

"헐, 대박! 이상한 꿈만 꾸는 건 여전하네."

"근데 진짜 반갑다. 정말 오랜만인데 우리 술 한번 마실까?"

"그러던지. 근데 너 안 바빠?"

"응. 이번 달은 괜찮아. 아, 근데 얼마 전에 동생이 결혼하게 됐다면서 고향 한번 내려오라는 소리는 들었어."

"진짜? 네 동생 결혼해? 아직 어리잖아? 너랑 나이 차이 많이 난다며?"

"스물셋인가…… 스물넷, 그 정도. 근데 결혼하는 남자가 슈퍼 제네콘(general contractor의 일본식 약칭. 대규모 종합 건설 청부업자—옮긴이)이고 나랑 동갑이래."

"슈퍼 제네콘? 그게 뭐야?"

"나도 잘 몰라. 하지만 제네콘만 해도 대단한 건데 거기에 슈퍼가 붙으면 거의 괴물 아냐? 지난번에 우리 아버지랑 엄마가 정치인 같은 사람들이 자주 간다는 고급 음식점에 가게 됐다면서 엄청 기죽어 있더라고. 근데 내가 장남이니까 되게 눈치 보이더라."

"너도 결혼하라고 난리인 거야?"

"당연하지. 하지만 시골이랑 도쿄는 시간의 흐름이 전혀 다르잖아. 여기는 서른 넘어서 혼자라고 해도 거의 당연하다는 식인데 왜 시골 사람은 그렇게 금방 결혼하는지 몰라."

"효도하는 셈치고 결혼하면 되잖아?"

"여자도 없는데 누구랑?"

"어? 그 여자배구팀에서 센터 역할을 맡을 것처럼 생겼던 그녀는 어떻게 하고?"

"참, 비유도 이상하게 한다. 벌써 옛날에 헤어졌지."

"그랬구나."

"야!"

"엉?"

"뭐하면 나랑 다시 사귈래?"

"……뭐하다니 뭐가?"

"지금 남자랑 안 맞아서 나한테 전화한 거 아냐?"

"아닌데."

"지금 어디 있는데?"

"환상 8호선과 수도고속도로가 마주치는 근처."

"모서리에 스테이크 집 있어?"

"어어, 있네."

"그래, 거기 맞구나. 그럼 지금 볼까?"

"그럼이라는 말이 뭔 뜻인지 모르겠네. 너, 일은?"

"저녁 때 가면 돼. 거기면 오토바이로 20분 안에 데리러 갈 수 있어."

"만나서 뭐하게?"

"뭐, 한잔하면서 얼굴 보는 거지."

"으음, 생각해보고 5분 뒤에 문자할게. 이 번호 맞지?"

"아, 그래 맞아."

"깨워서 미안."

"미안하다는 말 하는 거 자체가 넌 안 보겠다는 뜻이잖아."

"그건 모르지. 암튼 생각해보고 문자할게."

좀 세게 대고 있던 휴대전화를 귀에서 뗀 다음 옛날에 사귀었던 남자와 만날지 말지에 대해 생각했다. 얼굴 보고 술 마시는 정도는 괜찮겠지. 그런데 그러다가 취해서 괜히 분위기가 요상해져 섹스를 하지 않는다는 보장은 없다. 그러면 나는 그대로 이 남자랑 다시 사귀게 되어 슈퍼 제네콘 남자랑 여동생한테 "앞으로 올케가 될지도 모르니까 잘 부탁해요"라고 인사할 가능성도 있다는 소리인가? 오늘 그 비디오 사건 때문에 그 녀석이랑 헤어지고?

육교 위에서 다시 한 번 과자를 14호선 도로 위로 던졌다. 손으로 잡을 수 있는 최대한으로 잡고 뿌렸지만 차량 흐름은 여전히 변하지 않았다. 나는 파카 주머니에서 휴대전화를 꺼내서 '아무래도 만나는 건 좀 그래. 미안!'이라는 문자를 옛날 남자친구한테 3초 만에 보냈다. 그런 다음 육교 계단을 내려와서 걸려온 전화 기록 가운데 맨 위에 있는 번호를 눌러서 상대방이 받기를 기다렸다.

"……여보세요."

"후회했어?"

"했지."

"그럼 데리러 와도 돼."

"지금 어디야?"

"환상 8호선까지 똑바로 계속 걷다가 길 맞은편으로 건너면 돼. 용궁처럼 이상한 양로원 주차장이 보이는데 거기 있어. 꽤 많이 걸어왔으니까 좀 멀 거야."

"알았어."

"잽싸게 날아와."

이제 좀 있으면 그 녀석이 자전거 페달을 열심히 밟아서 나를 데리러 나타날 것이다. 택시 타고 돌아가는 게 훨씬 편하지만 여기까지 데리러 오는 것으로 마쓰오카 슈조 일은 퉁치기로 한다. 그렇다고 해두자.

사이즈가 맞지 않은 비치 샌들을 질질 끌고 걸으면서 나는 집에 돌아간 다음 잠옷으로 갈아입고 이 닦고 렌즈 빼고 한 침대에서 자는 그 녀석이랑 나를 상상해보았다. 비디오 때문에 싸우지 않고 집에서 뛰쳐나오지 않았을 수도 있는 우리에게 준비되어 있던 아침과 이렇게 집을 나갔다가 결국 마중 나오게 한 지금은 결국 뭐가 다른 걸까 하는 생각을 해봤다. 아마 다른 건 없을 것이다. 자고 일어나서 내일이 되면 내가 고집을 피우며 발이 아플 때까지 계속 걸었던 일 따위는 아무것도 아닌 일이 될 것이다.

잠시 후 그 녀석이 자전거를 부리나케 몰아 양로원 앞까지 왔다. 밤의 빛깔이 점점 엷어지고 까마귀가 울었다. 휑한 주차장을 가로질러 그 녀석이 나에게 다가와서 정면 현관 계단에 앉아 있는 내 눈앞에서 자전거 페달을 밟던 발 한쪽을 땅바닥에 내렸다. 숨을 헐떡이고 머리카락은 삐죽 솟아 있었다.

"여기까지 계속 걸어온 거야?"

그 녀석이 걱정스럽게 물었다.

"안 돼?" 나는 일어서면서 되물었다.

"넌? 뭐하고 있었는데?"

"……걱정이 돼서 잠을 못 잤지. 그런데 나중에는 나도 모르게 잠이 들었나봐."

"어휴, 이걸 그냥!"

나는 이렇게 말하며 반대로 방향을 빙 돌린 자전거 뒷자리에 옆으로 앉았다. "간다" 하는 소리와 함께 균형을 잡지 못해 잠시 비틀거리던 자전거가 양로원 주차장을 천천히 출발했다. 그대로 14호선 도로 옆으로 나간 우리는 아까보다 더 늘어난 차량의 파도와 경쟁하듯이 달렸다.

높낮이가 다른 보도를 오르락내리락할 때마다 엉덩이가 튕겨서 아팠다. 그래도 속도가 나는 만큼 내 몸에 부딪치는 공기는 걸을 때보다 시원해서 좋았다.

순식간에 아까 지나쳤던 자판기가 보였다. 브레이크가 끽끽거리는 소리와 페달이 돌아가는 소리를 번갈아 들으면서 문득 달이 보고 싶어 고개를 들었다.

짙은 감색 하늘에 둥근 윤곽은 보였는데 이미 취기가 없어진 내 눈에는 그냥 번들번들한 하얀 물체로만 보여서 그때는 어떻게 저런 걸 아름답다고 여길 수 있었는지 도무지 알 수 없었다. 조금 있으면 곧 날이 밝으리라는 사실을 빼고서라도 말이다.

"있잖아" 하고 그 녀석이 말을 걸었다. 바람 때문에 잘 안 들려서 나는 "왜?" 하고 큰 소리로 물었다.

"편의점 들렀다 갈래?"

"집에 아무것도 없어?"

"치킨 라면 정도는 있는데."

"그럼 그거 해줘."

"달걀 없는데."

덜 마른 냄새를 풍기는 실내복을 입은 남자의 곱슬거리는 머리카락 속에 과자 한 개가 숨어 있는 것을 발견하고는 그

걸 떨어뜨리지 않도록 손가락으로 살짝 집었다.

"그건 괜찮은데 넌 라면 끓일 때 항상 국물이 너무 적으니까 오늘은 물 많이 넣고 해."

연애는 달콤한 환상이 아니다

젊은 여성 소설가가 쓴 작품, 그것도 일인칭으로 된 작품이라면 대부분의 경우 '연애소설'이라고 볼 수 있다. 연애소설의 정확한 정의는 잘 모르겠지만 '주인공이 어떤 형태로든 연애라는 상황에 놓여 있는 소설'이라고 해두자. 아무튼 젊은 여성이 쓴 그런 소설은 상품 가치가 있는 것으로 간주된다.

'연애'는 일종의 환상이다. 하지만 연애라는 환상이 성립하기 위해서는 한 가지 조건이 있다. 그 조건이란 당사자들이 '2인 완결(이상한 용어지만)'된 상태에 있는 것이다. 연애의 본질이란 사랑의 쾌락이라는 측면보다 그런 완결성이 가져다주는 유토피아성에 있지 않나 하는 생각이 들 정도다. 물론 유토피아는 그 어원대로 실제로는 어디에도 존재하지 않지만, 존재하지 않기에 언제까지나 찾게 된다. 그래서 연애 소설도 언제까지나 만들어지고, 또 읽히는 것이다.

연애 중인 커플은 그들 외의 세상에 대해 '닫혀' 있다. 연애 중인 남녀가 세상과 아니, 자신들 외의 세상 모든 것과 대립하는 상황은 매우 고전적인 멜로드라마 기법인데 적어도 지금까지는 나름 효과적이었다.

그러나 연애의 위기는 뜻하지 않은 곳에서 찾아왔다. 자기완결을 이룬 인간들의 증가였다. 고도 소비 사회, 혹은 고도 정보화 사회 등 이유야 얼마든지 찾을 수 있지만 아무튼 그런 사람들이 존재할 수 있는 조건이 사회적으로 갖춰지게 된 것이다.

자기완결을 이룬 사람은 연애라는 상황 없이도 세상에 대해 '닫혀' 있을 수 있다. 따라서 일부러 '2인 완결'이라는 귀찮은 상태를 타인과 함께 만들 필요가 없다. 그래서 자기완결을 이룬 인간은 연애를 하지 않는다. 적어도 일반적인 의미의 연애는 말이다.

이 책의 표제작인 중편 〈살아 있는 것만으로도, 사랑〉은 자기완결을 이룬 인간이 이렇게 늘어나버린 시대에 볼 수 있는 연애의 불가능성을 그린 소설이라고 일단 결론지을 수 있다.

고등학생 때 '속눈썹과 코털을 빼고' 온몸의 털이란 털을 모조리 밀어버린 적이 있고, '오락가락하는 기분과 가끔씩 튀어나오는 이상한 행동이 문제'임을 자각하고 있는 이타가키 야스코(25세)가 이 소설의 주인공이다. 슈퍼마켓 계산대에서 아르바이트를 하다가 동료들의 싸구려 연애 드라마에 휘말린 일에 화가 나서 '만사가 다 귀찮아진' 야스코는 그들에게 소리를 질렀고, 결국 아르바이트에서 잘리게 된다. 그 후 우울한 상태가 계속된다.

3년 전 우연히 미팅에서 만난 츠나키라는 남자친구의 아파트에 살면서 사흘이나 몸을 씻지 않아도 아무렇지도 않다는 야스코는 '과면증'이라고 스스로를 진단하고 매일 잠만 자며 보낸다. 남자가 자기에게 기울이는 노력을 아끼고 있다면서 츠나키의 언동에 일일이 화를 내지만, 미팅하는 자리에서 만나 특별히 마음이 맞았던 것도 아닌데 어쩌다보니 사귀게 되었을 때부터 츠나키는 그런 남자였다.

그런 남자인 줄 알면서도 사귀게 된 것은 자신이 쉽게 타협하는 성향 때문이라는 점을 야스코 자신도 잘 알고 있다. 그런데 그런 게 진짜 연애일까? 연애소설에 익숙한 독자들은 당연히 그런 의문을 갖고 이 소설을 읽게 된다. 자신들이 살아가는 일상생활이 이 두 사람의 경우와 어딘가 좀 닮았다고 생각하면서 말이다.

이 작품은 일반적인 연애소설의 틀을 크게 벗어나 있다. 그것은 모토야 유키코가 극작가라는 점과 관련이 있다.

잘 알려져 있다시피 모토야 유키코는 '극단 모토야 유키코'라는 연극 유닛을 이끌고 있다. 자기 이름을 극단에 걸어 놓은 이유는 고정 단원이 없는 이른바 프로듀스 방식의 연극 유닛이고, 그녀말고는 멤버가 없기 때문이다. 또 한 가지는 극작가이자 연출가로서 '자의식과의 거리'를 철저히 두기 위해서이기도 하다. 즉 '모토야 유키코'는 지극히 픽션적인 존재다. 소설의 세계로 말하자면 본명으로 작품을 쓰는 작가가 있고, 필명으로 작품을 쓰는 작가가 있는데, 모토야 유키코는 특이하게 '본명을 필명으로 쓰는' 작가인 셈이다.

극작가로서 모토야 유키코가 지닌 자질은 그녀의 소설에도 잘 나타나 있다. 그것은《바보들아, 슬픈 사랑을 내보여라》나《난폭함과 대기》처럼 극작에서 파생된 소설의 경우에만 한정되지는 않는다. 이《살아 있는 것만으로도, 사랑》은 어떤 면에서 그런 작품들 이상으로 모토야 유키코라는 표현자가 가진 '연극'과 '소설'의 관계를 명료하게 나타내는 작품이라고 생각한다. 그런 의미에서 이 소설은 주목할 만하다.

서로의 영역을 절대 침범하지 않는 야스코와 츠나키의 관계는 달걀 두 개로 만든 프라이처럼 각각의 중심인 노른자를 고스란히 지키면서 흰자로 흐물흐물 연결되어 있는 상태라고 표현할 수 있을지도 모른다. 더구나 야스코의 노른자는 반숙 상태여서 아직 물렁물렁하다. 달걀의 노른자는 '자아', 즉 '진짜 자기' 같은 것이다. 노른자끼리 직접 맞닿으면 매우 위험하기 때문에 신은 완충지대로 삼으려 흰자라는 것을 발명했겠지만, 야스코는 가능하면 노른자와 노른자가 직접 맞부딪칠 수 있는 형태로 다른 사람과 사귀고 싶어한다. 야스코는 자신이 가진 '맛의 진함'에 진저리를 치면서도 상대방도 자신에게 그렇게 해주기를 은연중에 기대한다.

그러나 야스코의 자기완결 시스템은 츠나키의 전 여자친구인 안도의 등장으로 너무 쉽게 해체되어 버린다(안도는 '극단 모토야 유키코'의 연극에 등장할 만한 전형적인 캐릭터다).

야스코는 안도의 강요에 못 이겨 가족적인 분위기의 이탈리안 레스토랑에서 일하게 된다. "우울증은 외로워서 생기는 거야"라고 사장의 어머니에게 본질을 적나라하게 지적당한 일 때문에 야스코는 자기도 모르게 그 세계에 빨려들어가는 듯이 보인다. '아이다 미쓰오'적 세계관과 이른바 '미지와의 만남'이 연출되는 이 장면이 《살아 있는 것만으로도, 사랑》이라는 드라마의 첫 번째 클라이맥스다. 그러나 야스코는 그 세계에 안주하지 못하고 글자 그대로 '폭주'하고 만다.

모토야 유키코의 작품을 보면 소설과 희곡을 불문하고 자기 생각에 푹 빠져서 격렬하게 반응하는 자의식 과잉 상태의 여자가 폭주하는 상황이 종종 묘사된다. 하지만 이것은 단순한 자학을 보여주는 것이 아니다. '자기완결'이든 '2인완결'이든 '아이다 미쓰오'적 세계관을 가진 '가족적 완결'이든 아무튼 내부를 향해 '완결'하려고 하는 움직임에 대한 파괴적인 역행이라고 볼 수 있다. 자의식 과잉의 자기완결형 사람이기에 야스코는 가끔씩 괴팍한 행동을 저질러서 심리적 균형을 찾을 수밖에 없는 것이다.

츠나키랑 같이 사는 아파트는 가끔 정전이 된다. 야스코는 몇 번씩 츠나키에게 "암페어를 올려달라고 해"라고 반복해서 말한다. 하지만 사실 암페어를 올려야 할 사람은 야스코 자신이다. 가끔씩 욱 하고 치밀어오르는 감정으로 인해 이상한 행동을 저지르기 때문이다. 집 안의 전기 암페어를 올리는 것은 도쿄전력에 부탁하면 되지만 마음속의 암페어는 어떻게 올릴 수 있을까?

이 소설에서 눈여겨볼 점은 츠나키라는 남자의 묘사 방식이다. 야스코는 미팅에서 처음 츠나키를 만났을 때 '이렇게 재미없는 인간을 만난 건 태어나서 처음'이라고 느꼈는데 나중에는 그런 츠나키의 '무미건조함'에 '어린아이처럼 매달'리게 된다. 그리고 야스코는 모두들 자기 같은 '노른자'처럼 존재한다고 믿고 살았는데 사실은 '흰자'라는 형태로 존재하는 타인도 있다는 사실을 알게 된다. 그리고 어느새 자기 마음속의 암페어를 올려주는 일까지도 츠나키에게 기대하게 된다.

이 이야기를 과연 연애소설이라고 불러도 될까?

맛이 진한 '노른자'와 너무도 담백해 보이는 '흰자'가 어느 한순간만큼은 이상적인 유토피아를 형성할 수도 있다. 그 사실이 제시되어 있다는 점에서 이 작품은 연애소설로서도 충분히 성립된다.

그러나 고전적인 연애 드라마가 '연인' 대 '세상'이라는 대립 구도를 기본으로 하는 것과는 반대로 이 소설에서 야스코와 츠나키는 자아라는 껍데기 속에 틀어박혀 있기는 해도 사실 사회와는 전혀 '대립'하고 있지 않다. 왜냐하면 '타협'은 야스코의 특기니까. 야스코가 대립하는 상대는 사회가 아니라 자기 자신이다. 그래서 그녀는 이렇게 말한다.

"츠나키, 넌 좋겠다. 나랑 헤어질 수 있어서 정말 좋겠다."

하지만 '나'는 '나'랑 평생 헤어질 수가 없다.

자의식이라는 감옥을 감옥으로 느끼지 않게 되는 것이 주제라는 점에서 역시 이 소설은 연애소설 이상이다. 또한 츠나키라는 '흰자' 같고 '산문'적인 인물을 만들어낸 것으로 모토야 유키코의 소설에서 항상 볼 수 있었던 지나친 연극성을 상대화시킬 수 있었던 기념할 만한 작품이기도 하다.

표제작에서도, 그리고 그 표제작의 작은 반복이라고도 할 수 있을 단편 〈그 새벽의〉에서도 작가가 강하게 긍정하는 것은 결코 '연애'라는 달콤한 환상 따위가 아니다. 작가는 제목에 나타난 대로 '살아가는' 것과 '사랑하는' 것 모두를 긍정하고 있다.

《살아 있는 것만으로도, 사랑》이 가쓰시카 호쿠사이의 〈후가쿠 36경〉(그중에서도 유독 격정적인 〈가나가와의 큰 파도〉)을 모티프로 사용한 것은 단순한 기믹(gimmick, 마술을 하기 위한 장치)이 아니다. '5000분의 1초'라는 찰나의 순간에 후지산과 가쓰시카 호쿠사이 사이에서 일어난 기적적인 사건은 '연애'라는 이름을 붙이기에는 너무도 격정적인 그 무엇이다.

모토야 유키코는 언제나 그것을 추구한다. 거기에서 그녀의 '진심'을 발견하지 못한다면 그 사람은 눈뜬장님이나 마찬가지다.

나카마타 아키오(문예비평가)

살아 있는 것만으로도, 사랑

초판 1쇄 인쇄 | 2015년 2월 6일
초판 1쇄 발행 | 2015년 2월 13일

지은이 | 모토야 유키코
옮긴이 | 임희선
발행인 | 김우진
발행처 | 이야기가있는집
등록 | 2014년 2월 13일 · 제 2014-000062호
주소 | 서울시 마포구 월드컵북로 375, 2306(DMC 이안오피스텔 1단지 2306호)
전화 | 02-6215-1245
팩스 | 02-6215-1246
전자우편 | editor@thestoryhouse.kr

ISBN 979-11-952471-6-5 (03830)

이야기가있는집은 (주)더스토리하우스의 문학출판브랜드입니다.

책값은 뒤표지에 있습니다.

이 도서의 국립중앙도서관 출판예정도서목록(CIP)은 서지정보유통지원시스템 홈페이지(http://seoji.nl.go.kr)와 국가자료공동목록시스템(http://www.nl.go.kr/kolisnet)에서 이용하실 수 있습니다.(CIP제어번호: CIP2015002332)